中国文学名家散文精选丛书

# 恋恋深州城

张爱丽　著

江西高校出版社
JIANGXI UNIVERSITIES AND COLLEGES PRESS

南　昌

**图书在版编目（CIP）数据**

恋恋深州城 / 张爱丽著 . -- 南昌：江西高校出版社，2025.6. -- （中国文学名家散文精选丛书）.
ISBN 978-7-5762-5517-1

Ⅰ . I267

中国国家版本馆 CIP 数据核字第 20246LL806 号

责 任 编 辑　曹　莉
装 帧 设 计　夏梓郡

出 版 发 行　江西高校出版社
社　　　　址　江西省南昌市新建区工业二路 508 号
邮 政 编 码　330100
总 编 室 电 话　0791-88504319
销 售 电 话　0791-88505090
网　　　　址　www.juacp.com
印　　　　刷　鸿鹄（唐山）印务有限公司
经　　　　销　全国新华书店
开　　　　本　650 mm×920 mm　1/16
印　　　　张　13
字　　　　数　160 千字
版　　　　次　2025 年 6 月第 1 版
印　　　　次　2025 年 6 月第 1 次印刷
书　　　　号　ISBN 978-7-5762-5517-1
定　　　　价　58.00 元

赣版权登字 -07-2024-922

# 目　录
CONTENTS

第一辑

# 漫漫时光

# 梳过如水时光

在头上别小卡子的动作已经有几十年不做了，看到李子柒梳头的图片后，便想起自己梳辫子的时光，于是这两天不断地重复起这个动作，一次次回到过去。

"总角之宴，言笑晏晏。"小时候的我，成天跳来跑去，无忧无虑。早晨起床后，经常披散着头发，小疯子一样跑到奶奶家，让姑姑给我编辫子。

姑姑用梳子尖轻轻从我头上划开一条中分线，头发被分成两边，把一边的头发都梳拢到高高的脑后，左手攥着，右手分成三绺儿，然后把这三绺轮流往下编，编到细处，便用橡皮筋扎紧，一条麻花辫就垂在脑后了。另一边，姑姑会先从我头顶上选一小绺头发，在根部套一朵粉红的小头花，然后才去编辫子。这样，在两条麻花辫之外，在我右头顶，就有一朵小花鲜艳着。

在奶奶家的大院子里，姑姑坐着小椅子，我坐着小板凳，姑姑给我编辫子时，我就看着阳光慢慢爬上西边的猪圈窝棚，嘴里说着些让姑姑哭笑不得的话。编好辫子，我就跑回家吃饭、上学了。这样的时间一直持续到我会自己编辫子。

自己编辫子时，喜欢把辫子编得很紧，把头皮勒到发紧发疼才觉得舒服。两只手背到脑后去，编一段，再把辫子拉到前面，手就可以在前面编了。自己编的辫子总是一个高，一个低，妈妈笑我，我也不管它，成天垂挂着走在上学、放学的路上。

后来，不再留那么长的头发了。把两边的头发一分，在后脑勺下面一系，就是两条麻雀尾巴辫，我们给这种不用编的辫子叫"炊帚"，可能是因为它的形状像农村刷锅的炊帚吧。等头发越来越长，小炊帚就不断往上移，直到成了弯弯的香蕉辫弯在脑后。我辫子太粗，得用三根皮筋，不然承载不住那么粗重的头发。

小卡子什么时候用？是在碎头发多时，特别是新剪了头发之后。有些短碎的头发，拢不到发绺里去，随便垂着又显得邋遢，于是就用一种小小的黑漆皮小卡子卡住它们。

右手把短头发梳上去，左手绕过头顶按定，右手再去取小卡子别上。小卡子通常是叼在嘴里的，右手捏住，用牙齿叼紧铁卡的长端，右手把短的曲的那一根劈开，手指垫在两根的空隙里，松开牙齿，把张着嘴的小卡子插进头发里，较长的那根在最上面，碎头发就稳稳地固定在头上了。通常一枚小卡子是不够的，要两三根才能把头发整理到清爽干净。而那两三根铁质漆皮的小卡子，平行地斜别在鬓角，闪着黑亮的光，也是一种低调的奢华。

更小的时候，我非常喜欢花花绿绿的辫绳，就是那种比粗毛线还要粗些、还要蓬松些的扎头绳，我们给它叫"绒批儿"。有一年秋天，我跟着二舅去城里赶庙，二舅买了各种颜色的绒批儿，装满了我的上衣口袋。我把那一团五彩缤纷的绒批儿往外拉，让口袋口色彩斑斓。二舅发现了，就帮我把它们塞进口袋里，走几步，我就又拉出来一点。二舅看到后又会给我塞回去。其实，我哪会把它们弄丢呢，我要时不时低头欣赏它们呢。当然了，那小小的虚荣心也在向迎面而来的大人小孩说："嘿，快来看，我有好看的绒批儿呢！"

上初中时，开始流行在脑后正中梳一个小短辫，在上面戴头花。头花实际上是带着大朵绢花的夹子，把夹子直接夹住梳好的小辫子，小辫子就隐藏在大朵的头花下面。每次去商场，我总是在卖头花的架子前待上好久，看啊看。

皮筋是一般是暗黄色的，一次买一把，一把十根。用断了再买。后来供销点有了绒线包缠的皮筋，但是它太圆了，捆上我的粗辫子后总是往外滚，不一会儿辫子就松散了，所以我无福使用好看的绒皮筋，还是用原来的皮筋。

初中刚学了化学，老师让我们背元素周期表，于是抄一张，贴在大衣柜旁边的墙上。每次站在衣柜镜子前梳头，我就可以歪头念上几遍"氢氦锂铍硼，碳氮氧氟氖，钠镁铝硅，磷硫氯氩钾钙"。

农村的女孩子大都保守，偶尔有人敢于像城里小姑娘一样，梳一个马尾辫，就觉得真是胆大，也真是好看。跳房子、踢毽子时，马尾辫在脑后一颤一颤，有时甩在脸颊上，真是美极了。

有一阵子还流行在头上戴一个发箍一样的发卡，我有一个，宽宽的。后来发现这个发卡只不过是衬着海绵的花布包着的半圈塑料，于是果断拆了，用我喜欢的一块纱质青碎花布重新包起来，在背面用针缝紧——针脚当然是歪歪扭扭的啦，但不要紧，别人看起来，绝对是一只超漂亮的发卡。关键是，那些羡慕我的小女孩们根本买不到这样的。

成家后，有过唯一一次拉头发。在理发店坐了半天，然后他去接我，坐在自行车后座上，两边的头发直直地垂下来，挡住两边的风景，挺着脖子往后轻轻一甩，头发到了肩上，清风来到脸庞，那感觉就像是出水的洛神、登基的君王。

"起来慵自梳头"的李易安，"当窗理云鬓"的花木兰，"头上倭堕髻"的秦女罗敷，"自伯之东，首如飞蓬"的《诗经》女子，千百年来都以一头乌发绣就自己的红颜标签。长长的秀发让这些女子温婉如玉，柔情似水。

现代，江南水乡，浣纱溪边，还有女子于青山绿水中洗涤乌黑长发。皎皎月光把清辉洒在石上，叮咚水声把静谧留给渡船，女子的手指握着木梳穿过黑发，拨动岁月静好的琴弦。

喜欢长发披肩，于海边，于街头，素衫迎风，款款自然。可惜呀，老天却在身材上对我偷工减料，让我空念着"待我长发及腰"盼了一年又一年，头发却总也留不长。成为两个孩子的母亲后，辫子咔嚓落地，那朴素又美丽的年少时光，就留在原地，从此，我将和短发终身厮守。

后来，安心也曾几次鼓励我留起长发来，但是由于个头原因，勇气终于被磨净。

那些绒批儿、辫绳、皮筋、发卡、小铁卡子，统统归置进记忆，美美地停在那里。还好，右手梳发，左手绕过头顶拢住，右手从牙齿间取出小铁卡子，别在头发上，这个动作，可以把所有的青春年少，都带到2020年的3月以及任何一个短发的当下。

# 我爱自行车

　　我十来岁的时候，同龄的小孩儿们都开始学骑自行车。家里有一辆飞鸽牌自行车，我也要学。

　　大人们都忙着下地，根本顾不上我们。小孩们就彼此帮忙，你给我扶着，我给你扶着。扶着就是把着后座让自行车直立不动，然后，骑车的小孩把脚放在脚镫子上，姿势稳定了，后面的小孩再保持自行车平衡的前提下往前推，前面骑车的小孩借着惯性蹬车。有时能蹬几米，有时后面的小孩刚一松手，骑车的就歪下来了。

　　被人"扶"着虽然心里有底，但进步太慢。于是开始练着自己上车。"此"是学骑自行车的最基本本领。从右脚开始此，手放在和头同高的车把上，右脚放在左镫子上，脚底带着车镫子向前提高一段，然后用力踩下去，左脚点地给力，然后再提，再踩。人一起一落，车轮往前滚。

　　不停地此，右脚可以站在脚镫子上保持一会儿了，自行车依着惯性往前走，带着风，感觉可美啦。稍微长进一点，就开始换成左脚蹬左镫子了。身子稍稍向右转一点，能带更多的风，人也就更威风。

无论有人帮还是没人帮，我们最终都学会了"掏腿儿"。掏腿就是右脚从车梁下的窟窿里伸过去踩在右镫子上，左边踩，右边松，右边踩，左边松，等于是两脚此。但这时候，我们已经能够把车子骑出一段距离而脚不用再着地了。

　　我们在村子里掏着腿儿此车子，老人见了就心疼地说："呀，这多费车子呀，多费链子呀。"的确，车链子只有那几段受力，受猛力，可不就很费吗，但是我们可不管那么多，每天在村子里"当当""当当"地此着大铁车子。

　　然后有一天，想骑"整圈"了。这就需要左右脚把车镫子分别带到最高点。左右脚一高一低，两腿分开到最大跨度，还要把力作用在车镫子上，带动自行车往前走。蹬出第一圈时，心里又怕又美，太惊险了，太刺激了。蹬一圈，此一段，蹬一圈，此一段。

　　下一步，就是要正式坐在车座上了。这可是个大难题，我们才十来岁，如果坐在车座上，脚是够不着车镫子的。于是有的家长就把车座子卸掉，在那个铁管窟窿里绑上旧衣服毛巾，这样，车座相对低了，小屁股也不会被硌坏。

　　把小屁股放在车座上，可不是一偏腿就能坐上去的，那是紧急攀登上去的。右脚此镫子，瞅准时机，左脚蹬在车镫子的轴上，几乎是同时，腾出右脚，抬起右腿飞到车子外侧去找右车镫子。要是把握不好节奏，车子会失去平衡倒地。

　　能坐到车座上时，脚只能伸到脚镫子最高处下面一点点，这样是绝对不能蹬整圈的。所以我们就要"勾镫子"。左脚猛地踩一下脚镫子，车轮滚动，把另一只脚镫子往上带，它自己到不了最高处，这时右脚就要赶紧向后伸出脚尖，把右镫子勾上来，勾不动了，再抬起脚，猛地踩下去。左脚这时候早准备好了，要接力勾。循环下去，车子就在"当呛""当呛"的节奏中前行了。

费车子，也费鞋，但是，骑车的快乐根本容不得考虑省费。个头长高了，自然就不用勾了，可以悄无声息地骑车很远了。

刚学会骑自行车，中午一放学，肯定会在吃饭前把车子推出来，到村西杨树道上骑一圈。记得有一天下小雨，母亲不让去骑。我心里可不高兴了，吃饭也没吃出香来。

表哥跟我同岁，但他长得高，也壮。有一个星期天，他说，城里一中放录像呢，《陈真》，两毛钱一个票，我驮你看。村外的土路坑坑洼洼，他把自行车骑得飞快，我坐在铁杆子后架上，屁股被颠得生疼。

我们到了一中，买了票，里面黑黢黢的看不到任何东西，只有远处一处亮着，好像没看到啥，又坐着颠簸的自行车回家了。

那时的我认为"飞鸽牌"是世界上最好的牌子了，天津也是世界上最远最大的城市了。我用天津来的飞鸽自行车练就了一身本事，可以驮着小我三岁的妹妹、小我八岁的弟弟去两村之外的姥姥家了。

大梁上横坐着弟弟，后架上坐着妹妹。为了显示我的车技高超，常跟他们说："我闭着眼也能骑车子呢！"妹妹看不到，弟弟却能回头检查。他一回头，我就闭眼，他一回去，我又睁开眼了。如是几次，他就信了。

有一天傍晚从姥姥家回来，也是在吹牛骗人之后，我们摔跤了。刚进家他俩就去告状，母亲骂我为什么闭着眼睛骑车，我说我没有闭眼。弟弟说："她闭了，我看到了，就是闭了！"

有时候显露本事并不是为了吹牛，而是真需要。我可以一车五人：后车架坐一个小孩，大梁上坐一个，最小的一个坐在车座上，尽量往后坐，车架上的人要扶着他保证安全。驾驶员我先此，此到一定速度，左脚蹬在车轴上，把右腿翘起老高，越过他们头顶，把自己身子调正，稍微坐一点车座借力，右脚找到车镫子，踩下去，车子就向前了。第五个人要跟着自行车跑一段，等我骑稳了，再跳到车架上，挤挤挨着车架上前面那个小孩。

没有一个人说不舒服，反正五个人一辆自行车，你不坐，就得跑好远。那时候真是疯狂呀，我胆大，他们也胆大。农村的孩子也不怕摔，摔了再起来。不过，五人一车时，从来没有摔过。

我和弟弟妹妹们一天天长大了，一车五人的壮举也成为过去。等我上高中时，弟弟也能骑自行车了，八九岁的弟弟骑在车子上，正应了"猴骑骆驼"的话。

那时候一个月放一次假，弟弟经常骑车给我送家里做得好吃的。同学们很羡慕我离家近，更羡慕我有个弟弟能骑自行车来看姐姐。

结婚生子后，自行车一度是我们唯一的交通工具。大儿子咳嗽感冒，就去城里某小胡同找老医生看病。爱人骑自行车，我抱着胖胖的儿子坐在后架。也不知跑了多少趟，孩子就大了，就健壮了。

我早早地把孩子的小座椅拆掉了，因为相信孩子自己能坐稳坐好。但有时中途孩子会困，我就一手把握方向，一手从背后拉扯他，给他讲一惊一乍的稀奇故事，他被动地笑，直到艰难地到家。

那时父母还种着几亩苹果地，到了收获的季节，我们就带上孩子去帮忙摘苹果。晚上回来，一人一辆自行车，我驮着孩子，他驮着苹果。孩子要睡着了，怕掉下来，他爸就一手抱着孩子一手挂车把生生骑回家。孩子软软地趴在他肩上，睡得香极了。

老二也长大了。我们在城西开了一个小门市。到晚上他爸愿意再盯一会，我驮着俩孩子回家做饭。先要走一段坑洼不平的路，人也多。我总是认认真真穿行而过，问他们小屁股颠得疼不疼。因为垫了棉垫，他们又说说闹闹，并不觉得。

等到骑出闹市，来到郊区的大公路上，骑车就轻松许多。我总是说："来，咱们开始飞！"

俩孩子都极为配合地张开双臂上下扇动，我也腾出一只手跟他们一起飞。我们像一只大鸟，不一会儿就飞到家了。

带两个孩子时，前面车把上，还会挂着大书包，还经常会有新买的馒头和菜。骑车进小区，常常有人说："呀，真行呀你。"我没觉得我行，俩孩子得带回家呀，馒头和蔬菜得吃呀。

最有意思是买鸡蛋时。车把右边挂着东西，左手提着一塑料袋鸡蛋，怕鸡蛋悠到车子上碰碎，我就把左手伸出去提着，一手挂着车把，拐弯时放慢速度加了小心，总能稳稳地转进楼前。记得有一次刚转进小区大门，有一位熟人站定了，睁大眼睛说："天啊，你这个怎么下车子呀。"

当然得下来啦！快到楼口时，把速度放到最慢，然后，左手提着鸡蛋慢慢回到车把前，保证鸡蛋不会大幅度晃动，左手轻轻一点车把，只一点点力量，就能让我快速跳下车来。就这么简单。

小儿子三四岁能离手时，我发现了一块新大陆——骑自行车远行。于是着了魔一样去衡水买了一辆山地车，一百里地，一路骑回来。然后在还没有练习的情况下，跟衡水车友骑车去了保定。

从此一发不可收，骑了很多地方。最累的一次是当天往返河间，最有意思的一次是骑行邢台大峡谷，晚上住在浆水镇，晚上黑得伸手不见五指。上厕所要到屋后，打着手电找了半天才看到那号称厕所的半截石墙。最热的一次是骑行抱犊赛，骑到中午还在骑，骑行头巾挨着脸，感觉那棉布都是焦烫的。最有趣的一次是骑行吴桥，晚上三个女车友聊开了大天，一直聊到凌晨四点，明知第二天还要骑很远。最有感觉的是环骑青海湖，住帐篷，垒玛尼堆，在沙漠与湖水之间骑行，过足了异地风情的瘾。

我是小城第一个骑自行车远行的人，后来慢慢组织了很多次骑行活动，人们也慢慢把普通自行车换成了变速车。现在城里的骑行队伍成了规模，而我已经被拍在沙滩上，骑不快，也骑不远了。但是心里还是有一个骑行梦，在合适的一天，我还会披挂上阵，一去千里。

在QQ上结识了菲菲后，今年又去成都见了她，才知道热爱自行车能到她那个境界才算得上真热爱。她骑着自行车跑遍了周围的风景名胜和特色村庄，出门旅行，把自行车一折叠，带去。她一个人骑行洱海，骑行滇池，骑行任何她到过的地方。一天骑三百里之内没问题。她在骑行过程中，交了不少传奇的朋友，认识了不同地方的骑神。

我的山地车几乎已经终老田园，普通车偶尔还和我一起兜兜风。每当风从耳边吹过，仿佛在说：既然热爱，就要奔赴呀。

我会的，两个轮子，一颗心，画我的柴米油盐，画我的诗意远方，足够美。

# 童年童事

我比弟弟大八岁，比妹妹大三岁。1980年，出生几个月的弟弟还躺在床上，不会爬不会坐。有一天晚上，爸爸妈妈出去了，让我和妹妹照看弟弟。我俩就一边一个守着弟弟玩。

我们把一个小香脂盒塞进他白白小小的手掌心里，让他握着玩。香脂盒好像是"友谊"或是"万紫千红"，是直径比一元硬币稍大一点的小圆盒。

也忘了玩了别的什么，玩了多久，总之，后来弟弟哭了，仰面朝天哇哇地哭。我突然发现他手里没有那香脂盒了，然后和妹妹在周围找起来。没找到。

弟弟一定是趁我们不注意吞食了香脂盒！

他那么小，还不会走路，不会说话，要是死了可怎么办呀？那时还没有电话没有手机，我们不知道父母去了哪里，我和妹妹又心疼又着急又害怕，最后都伤心地哭起来。

三个人哭了好久。

妈妈回来了，她飞快地撩起门帘进了屋。我们的嗓子早哭哑了，断断续续说弟弟吃了香脂盒。

妈妈不但没着急，反而对着泪流满面的我们仨笑了。

"那么大的盒，他怎么可能吞得下？！"

我们都白哭了。突然雨过天晴，晴得好快！


大约十二岁的时候，我经常用自行车带着妹妹弟弟去隔了一个村子的姥姥家。

自行车是飞鸽加重自行车，我个儿矮，左脚蹬车镫子、右脚跨到右边是不可能的，我的做法是：右脚蹬左车蹬，左脚迅速踩上车轴，腾出右脚再翻越自行车坐在车座上。先让弟弟坐在横梁上扶好车把，再让妹妹坐在车后架上，我便不能凌空飞燕一样把右腿直直地越过车后架抡到右边去了，只能蜷起来越过车座子——想想那时候可真是灵透呀！

有一个星期天的傍晚，我们从姥姥家回来。乡村间土路有深浅不一的坑坑洼洼以及雨后留下的车辙细沟。反正农村的孩子颠簸惯了，根本不怕。

暮色渐起，四下无人，我说："我开始闭着眼骑车呀！"

妹妹坐在我身后当然看不见，弟弟却可以回头检验。只要他小脑袋一转，我就闭上眼睛，趾高气扬；他脑袋转回去，我又睁开眼睛。如是几次，弟弟说："大姐姐真厉害。"

然后，不知在哪一次闭眼过程中，自行车把我们仨狠狠摔到了地上。弟弟哭了。

回到家，母亲正在烧火做饭。弟弟跑过去告状："我大姐姐闭着眼骑车，我们摔了一大跤！"

妈妈看向我。

我极力争辩："我一直在瞅着前面好好骑车了。"

弟弟坚定地说："不，她就是闭着眼睛了，我都看到了，她一直闭着眼睛！"

妹妹说："我姐姐是那样说的。"

然后，那天晚饭前，母亲突然对我提高了嗓门。

逞能，失利，挨批，都是那天傍晚我自找的。


上小学时，每天中午、傍晚放学，全校师生都会到院子里集合，由老师在西边的讲台上说几句，然后排队走出学校。四年级时，一个冬天的中午，校长站在队伍前说，要找出几个"讲卫生"的小孩。然后由各班老师走进学生队伍去选。

上一年级的妹妹被选中，和其他几名学生面向队伍站在讲台上，接受我们热烈的掌声。回家路上，有两个同学关心地问我："怎么挑中了你妹妹，没挑中你呀？"

我上小学时学习成绩非常好，凡是代表"先进"的行列里肯定有我，同学们也都习惯了，但这次没选中，而且是落后于妹妹，他们不理解，我也很奇怪。检查我们的是其他班级的老师，对我们不太熟。于是，我说：

"可能是那位老师没有看到我吧？"

那两个同学，马上随声附和："是的，肯定是没看到你！要不然你成绩那么好，怎么会比不上妹妹呢！"

所以，那天中午，妹妹洋洋得意跟父母汇报时，我一点儿也不觉得没面子，心里坚定地认为那位陌生的老师没看到我。

而从来没有考虑过，妹妹换了新棉袄，而我的两个袄袖口，早已被鼻涕抹得发亮了。

很长一段时间，我一直认为那位姓贺的女老师眼神有问题或是做事不专心。那时候，就是这样简单地坚持着自己的认为，清清澈澈。

# 我的高考

1972 年出生的我，参加过两年高考，因为当时极度不紧张，因此印象极浅。现在想写些文字，才发现两年考了 12 场，竟然只记得一场。

而仅有的这一场，我也忘了是考的哪一科。那时候考试时间是 7 月的 7、8、9 日。烈烈的太阳炙烤着没有一棵树的一中教学楼，我睡过午觉，走向考场，突然鼻子破了，鲜红的鼻血无牵无挂地滴下来，我让同学们先去考场，自己急忙去最近的一个水龙头前，拧开，用手接了水冲洗。

鼻血还是不断染红了我掬了水的手，清凉的自来水源源不断地哗哗响着。教我们体育的白胖胖的男老师手里提着一个搪瓷脸盆过来，要打水，看到我猫着腰占着水龙头，就在一旁站定，在大太阳下耐心地等我。我抬头叫了一声"老师"，便头也不抬地继续清理鼻血。

手里的水终于清亮了。我站起身冲教学楼跑去，两点多的太阳把地面晒成耀眼的黄白，整个宿舍区、整个教学楼空无一人。我一路小跑，转过阴凉的门洞，又跑进大太阳下了，数学老师正好走来，那是一位微胖的戴眼镜的女老师，看见我，说，别着急，慢慢答题，不要太慌。总之，数学成绩不好的我，从没听到过她那么温和地跟我说话。我笑了笑，进了考场。

因为这次流鼻血事件，我记住了那位体育史老师和数学刘老师。我愿把和蔼的他们连同我的青涩一起默默定格在高考这张洁白的纸上。

高考前夕，有一位女同学身体由于虚脱住院了，大家分批去医院守着。我正好乐得逃课去玩，那期间，我读了《句号——三毛告别滚滚红尘》，从那时候开始，很长一段时间，我把三毛视为人生偶像。

现在想来，有多少同学由于要高考还要照顾同学而心焦，而我却一门心思跑到医院去读三毛，我比她们的心理负担轻好多啊。

高考前夕，我咳嗽，便由同学小潘小玉陪着去中医院看病，那时中医院还在博陵路上。人家说："没事儿。"中医院看不了，我去县医院，做透视，显示说"胸肺膈无异常"。高考前夕压力多大啊，我这么咳，难道还不是气管炎吗！

身体是高考的本钱。为了锻炼，我和小于开始跑步。她是大个子，我是小个子，从学校跑出来，沿着"城墙"往东跑，再折向南，到沧石路附近再回来。一前一后两个身影在夕阳下拖着影子移动，跑得两身汗，很痛快。

第一年高考前，我坐上小火车去了前磨头中学找斯如。她又约上几个女伴，一起去了衡水。那时候学校都不是封闭的，没人管。

复习那一年，我很有压力，因为再考不上就只能务农了。我并不觉得务农有多么可怕，只是觉得我如果不务农，父母应该很高兴。那时对人生的前途很没算计，也并不想多操心，总之有父母替我做主呢。我在复习那一年，也想好好地学习。无奈数学这一关，总是过不去。由它引起的厌倦情绪蔓延到其他所有科目。白天荒废了，晚上躺在床上立志：

明天一定好好学。第二天晚上继续在床上立志。……一天天下去，同住的小贾说："如果你能考上，那真是白捡的。"

有一回考试之后，从来没有对比过的我，无意中发现一位初中同学现在竟然比我强了好多，一时心灰意冷。某天晚上竟然给父母写信，写到泣不成声，里面还提到了"死"。那封信当然没有给父母看，但我也没存好，不知道它丢到哪里去了。

父母不知我心里的波动，在他们眼里，我一直是个乖乖女，一直刻苦地学习。父亲给我写来一封信，说好好考，不要慌，把平时学会的知识"向党汇报"。

高考前一天，三位外地同学的家长开车来，我们大宿舍的女生得以吃到了甜甜的大西瓜。三位同学的家长还带来了照相机，为我们在学校门口拍照。那几张照片上，我穿着浅青的连衣裙，留着假小子头，瘦瘦小小的。其他同学也是清清瘦瘦，黑着脸，蓬着头。但现在看来，那时虽然土气，却稚嫩得可爱！

很感谢那三位家长的到来，让我们在高考前一天有了一次小小的狂欢，让我们有了那几张照片，帮我们记下了那时的青春岁月。

第一年高考，我考得很差，那时也不知道有自费这一说，8月底就回一中复习了。第二年高考，我还是考得不好，也并没有太多脑子想想前途什么的，胡乱填了志愿，就回家帮爹娘干活了。在棉花地里，娘说："如果明天北大的通知书来了，该多好啊！"其实我也有那个侥幸，万一呢，万一我光宗耀祖了呢。

但是，那样的幸运率，是零。通知书铺天盖地寄往学校的日子，娘一天一趟，骑着自行车去学校看，次次失望而归。有一天，我说，我去吧。骑着自行车，穿过还没有公路的乡间土道，我拿回了入学通知书：

本地区的商业学校，会计统计专业。

我的高中四年，自己不刻苦，被厌倦情绪左右。它留给我的所有，因为正值青春，才显得珍贵。为了脱离农门，通过高考，我这厌恶阿拉伯数字的人学了会计统计。

而学生时代偷偷看"闲书"、在本子上摘抄唐诗宋词、从小学就偷偷写"小说"、在初中高中反面本子上写成的一本本"杂志"倒起了作用，我这一生，和文学是不离不弃了。

感谢父母让我读了高中参加了高考，感谢高考让我的人生没有这方面的缺憾，感谢命运在我高考失败的情况下依然对我露出了温柔的笑脸。

高考，也是一个过场。如果之前没有好好走，没关系，从现在开始，一切都不晚。

"巧笑倩兮，美目盼兮。""一顾倾人城，再顾倾人国。"嫣然含笑的女子固然可爱，可年纪一过，谁都难以挽留年轻蓬勃之态。好吧，顾盼生辉达不到，眼睛至少是要明亮的吧？

我的眼睛却越来越不清晰了。看不清小字版的书了，看不准电视字幕了，看不到电脑屏幕上的光标了。去检查，结果是：两眼白内障。

觉得自己还年轻呢，怎么跟老年性白内障沾上了边呢？真是有障不在年高呀。

自从知道得了白内障，整个人都快乐多了。妹妹说："白内障？真好啊，长熟了，一揭，就什么都看清了！这不是回事！"姐姐说："呀，真好啊，怕的是你眼底有毛病。白内障，这是最好的了！"

仿佛我得了白内障是一件非常庆幸也非常荣耀的事，她们非常兴奋地安慰我，我也就乘着她们的兴奋劲儿高兴起来。

眼前有一个无比奇异的世界，我独自徜徉其中，有着不可与人共享的愉悦。

从前看到的弯月，变成了一大盘香蕉，香；圆月，是若干枚摞起来的金币捻开摊在天上，贵；街灯、超市的灯、家里的灯，变成了金蒲公英、银蒲公英，一朵朵星光的花朵绽放在眼前，花心空无一物，美。

墙上的钟表，不但看不清它的表针，我也慢慢看不清那一座钟表了。对面来人，睁着眼睛不知道是谁，更看不清人家脸上的喜怒哀乐。太阳强烈的时候，傍晚天黑的时候，台阶的边界就几乎消失了。

幸运的是，一直阅读的国学书是大字版的。因为从前都读过，调整好距离，凭着还不差的记忆力和微弱的视力还是能读的，所以每天在微信群里读书打卡毫无妨碍。

出去玩不耽误，看天看云，我安心欣赏我看到的。眼里的混沌世界，无人能懂，我自得其乐，陶醉其中。"众人皆醒我独醉，众人皆清我独浊"的感觉很美妙。有时候我会对着不同光源微笑好一阵子。

麦收时节，好几次开车经过田野，她们惊呼"雉鸡！"，纷纷赞叹它们的"美丽羽毛"，我却茫茫然不知所云，即使这样，我也不遗憾，微笑着靠在车窗前——有什么，一做手术，我不就明眸善睐了吗？任它什么雉鸡雉鸭。

洗衣做饭照常。爱人笑我洗不净碗、拖不净地。又说，算了，不怪你，你看不见。有一天又说，这餐桌布能洗就洗，洗不出来就扔了吧。孩子回来给我下载好看电影，可惜人都要钻进电视了还是看不清，作罢，不费这个劲。

我能向倒扣着的玻璃茶杯底倒茶，能把拍好的蒜瓣当垃圾收走，能把一只不锈钢勺子连同丝瓜皮从洗菜池捞起来扔掉……每天出现频率最高的一句话是问他们："那是什么呀？"

常跟人炫耀说，嗨，你前面那个什么什么，我看着可是另一番景象！又说，你算是想象不出来我看到的是什么样子的呀，你多可怜！

来，我给你说说。

两只眼睛白内障程度不一样，所以后来全依靠左眼生活了。闭上左眼，手机都看不了。测视力，走到最前面去也看不到第一行。

然后，我把右眼的白内障做了，给眼睛换了一枚人工晶体。躺在手术台上，右眼被迫睁得大大的，盯着上方的灯——那是一个亮眼睛、亮嘴巴的小动物，还有发光的两个圆耳朵！随着医生的操作，那只小动物的脸一会儿近、一会儿远地做鬼脸逗我。亮亮的液体在眼里随着医生的动作漾来漾去……

虽然那亮晶晶的小动物很可爱，但我还是恐惧，决心再也不做第二只眼了。

第二天，医生把我右眼纱布一拆，天啊，触目所及都透明透亮，清晰到震惊。儿子的米黄背心怎么这么白了？街上的树叶子怎么一片一片边缘分明了？远处的门店怎么有了店名了？模糊了太久，以至于去饭店吃饭看到了远处桌上人脸上的表情，我竟然觉得是窥探了人家隐私！

回到家，哎呀，物物分明，连表针都纤毫毕显。可是，这餐桌布、这地面、这厨房墙……所有的美都呈现，所有的瑕疵也跟来。我安了显微镜呀！

原来家人忍受了那么久，家庭主妇根本打扫不净这个家。相反，倒是他们处处为我着想，让着我，哄着我，帮助我，成为我模糊世界最安全的指引。

现在的两眼，一只看到的是混浊世界，一只看到的清澈寰宇，一个是朦胧诗，一个是工笔画。第二只眼还做不做？

得做！恐惧快闪一边去吧，十分钟换来一个清明世界，太合算了。本来我已经快成一个盲人了，多么幸运，生在这个医学发达的年代！

以前收拾不干净房间，打个"看不清"的幌子就可以被理解，等两眼复明后，我可再也没理由偷懒啦！双目炯炯，那么，就把日子也过得清清楚楚、红红火火吧。明眸善睐，花为君开，亲爱的你，好好爱护眼睛呀！

# 夜行记

## 偷偷地，我出发了

1 月 18 日，农历腊月二十四，晚上 10：50，开车出来，跟自己说，这次是偷偷出来的，要加一万个小心。

19 号上午 9 点孩子放寒假，不能迟到，因为不想错过家长会上任何一个字。车上装了好几天的伙食，有的需要进冰箱，所以在接孩子之前，必须先回楼上把食物归置好。我想 18 号晚上赶到，但孩子爸说："不行，夜路不好走，越走越黑。况且你去聚餐，吃了饭人会发困。第二天起个大早，越走越亮越安全。明天再走。"

18 号晚上去甜妹家聚餐。八姐妹除了在南方的妹妹来不了，其他七姐妹全到，我不能扫了大家的兴。

晚上 8：30，在网上为"不负韶华"群举办了简单的开营仪式。从 19 号起，这个群的所有成员将连续打卡 20 天，总结每日所学、所不足、所感恩。

10 点多，父子俩都在外面会友、应酬，我开车出了小区。

姐妹聚餐、开营仪式把我的兴奋点提起来了，哪里还困得了？不如提前赶到衡水，明天就可以安然前去接孩子了。

启动车前，我给儿子留了言，告诉他我出发了。

## 全神贯注，行驶在岐银线

长江路上，薄雾隐隐，心里顿时增了底气。如果孩子爸质问我，我就会说："你没看到那雾吗，晚上起的雾，又没风，早上肯定散不了，而且会更大！我不得不提前走！"

这点薄雾除了给天地增加柔软外，并不对视野造成影响，可是，为什么高速入口五盏灯都红着呢！

高速封闭，没办法，走下道。走下道我也不发怵，手机导航。

很快进入岐银线，这条黄骅岐口到银川的公路就是平常所说的国道307。这是一条繁忙的通道，也是大家心目中"能不走就不走的"危险公路。夜晚的岐银线，大货车东来西去，呼啸生风，络绎不绝。我正襟危坐，保持着十二分的清醒。

虽然对我来说，这辆小轿车已经超大了，但是，在高高在上的货车司机眼里，这辆车肯定如同草芥。草芥也好，小蚂蚁也罢，你们可以不把我看在眼里，但一定不要吞没我啊。喂喂喂，干吗贴着我超车啊？干吗闪那么贼亮的灯啊？干吗拖着长长的尾巴跑那么快啊？

好，前面出现一辆轿车，让人感激的是，它竟然不像其他车那样携尘即逝，而是不远不近在前面引领着我，保护着我——我可以放心大胆地跟在它后面不用担心前面有路障，它能走我就能走嘛；它可以为我遮挡部分对面来车的强烈灯光，让我不成为睁眼瞎。

典姐姐说，你是好人，你要吧，你要什么老天都会给你的。

前面这辆引路轿车，可不是我要的啊，是老天爷赠的呢。

美丽的、微尘飞扬的夜色中的岐银线，让我融入了腊月二十四晚上的车流中。

## 国道 240 是个什么鬼

哪里测速，哪里拍照，手机一路提醒。然后，我听到导航地图里的那个"她"说："前方十字路口请直行。"

可是前面那辆车分明在打右转向。左右看看，朦胧夜色里看不清。

小度说："请直行。"

好吧，直行。

继续往东走了一段，感觉以前从来没有经过这里，陌生感一来，心里有点毛。趁车少了些，就停在路边，看手机，导航最后的确指向榕花北大街，没问题呀。小度又提示"2.3 公里后右转"，"进入 240 国道"，好吧，还有这么一点儿路，走走也无妨。

在红绿灯处往右转后，我已经确信这是有生以来第一次来到这里，这条路一定在心目中的那条路以东，虽然隔得不会太远，但足以让我毛骨悚然了。因为这条公路坑坑洼洼，车不算多，但每一辆都阴森可怖。仿佛它们都有一个共同的预谋，它们来去匆匆在这条路上，只是为了拖延时间等待那个事件的爆发。

我离家太远了，离开孩子爸太远了，如果我有点事，他怎么找得到我？我根本不知道我身处何地。况且，他到现在也不知道我已经离开了小城。

除了庞大的、轰隆隆擦肩而过的大货车，就只有我这辆黑色旧车颠簸在这并不宽阔的公路上了。

小度说："您可以对我说，小度小度还有多远。"

我就说："还有多远？"

"她"说："还有 28 公里。"

我说："好的。"然后又问"她"："小度小度，我们走得对吗？"

"她"不理我了。

不敢停车啊，黑森森的，万一趁着我停车有人敲我车窗玻璃呢。

走在熟悉的公路上，心里是踏实的。我原路返回，去找榆林转弯处？

不敢调头，怕大货车，怕有人看到我犹豫，怕有人看到车里坐的是一个有缚鸡之力也不敢缚的庄稼丫头——虽说我已是大妈级别了，可是，可是谁信呀。

小度说的距离，跟我的估算差不多，应该可以到达，这条路一定是平行于榆科护池乔屯那条公路，只不过比那一条居东一些。走吧。

走了一会儿，发现前面有个指向右边的路标，上书"榆科镇"。诱惑啊！我能右拐吗？去我熟悉的榆科镇？

不能，往右转车将更少，道路应该是乡间路吧，那我岂不是把自己投进了汪洋大海？

向前。

要稳住，小心驾驶，让所有的车认为我是一个开车老手，天天走夜路。

平时，白天飞驰在高速公路上，我经常是背书的，背古文、背古诗、背古词、背电影对白，可是现在，我一个字也不敢想了！

"小度小度，还有多远？"

"还有 23 公里。"

"小度小度，我们现在位于哪里？"

"我没听清，请您再说一遍。"

"这是哪里？"

240国道，第一次听说啊。国道还这么高低不平，不像话。

前面有个路牌：下卜。

看！是不是？这条路和我认为的那条路离得很近，它们同时穿过下卜。浪费呀，何必这么近修两条公路。

又出现一个路牌：护驾迟。

真的平行耶，浪费。

## 问你个护驾来迟该当何罪

突然，前面公路两旁，亭亭玉立的街灯从高空探出身子，为我挑起两排光芒四射的花朵，像是等了我许久的样子。借着那光芒，我看到了街灯身后无数亮着灯的房子。

街道、房子，那么熟悉！天啊，护驾迟！护驾迟！护驾迟！

这是我熟悉的护驾迟！也就是说，无论我之前怎么走的，我现在已经步入正轨！

"感——谢——你——护驾迟的街灯，感——谢——你，护驾迟的民房，感——谢——你——丰源村镇银行——"

一个人的狂欢开始了。深夜里，一个精神病在车内发作。

楼高字大，"丰源村镇银行"是灯塔，是里程碑，是擎天白玉柱，是架海紫金梁！它不仅赞助了我们第2期《桃林深醉》，它还为一只迷途羔羊送来了起死还生不老驻颜丹。

别跟我说"柳暗花明又一村"，陆放翁同学根本描述不出当时我的心情。别跟我说"轻舟已过万重山"，那也不贴切！

一颗心要跳出来，一张嘴在瞎唱。真的呀，护驾迟，你真的迟了呢，怎么不早点出现让我心安？救光武大帝你迟了，近两千年了，你怎么还没改？还继续慢腾腾地让至尊女王着急！

算了算了，来了就好，来了就好，不跟你计较了。此时的我如享太牢，如春登台，又觉得有垂天之翼，又仿佛能御风而行，又似泛不系之舟，烹羊宰牛且为乐，会须一饮三百杯！快哉，美哉，乐哉！

当战战兢兢不得不向一个魔鬼伸出手去时，刹那间，它变成了一位美丽的天使。护驾迟便是这位天使。

## 裹进团雾，体验没有方向感的人生

几乎喜极欲泣的女司机在车里不断唱着"感谢"，如果没有方向盘，一定要张开双臂给墨色苍天一个大大的拥抱，告诉宇宙的主宰，感谢让我与亲人久别重逢。

我极不优美但极其兴奋的"感谢"歌声突然戛然而止，因为我什么都看不见了！

眼前一片灰。我减速，再减速，有点慌了。

知道我被大雾包围了，挂一挡慢慢往前挪。不敢停，怕后面的车追尾；不敢走，我已经不知道车头冲的是不是南，不知道前面有没有停下来的车。能见度：半米。

我走过几次夜路，却从没遇到过这样的路况。记得考驾照时，理论上说，遇到此种情况，应就近驶离高速。可是我现在并不在高速，我想躲进村里去，但找不到路。

我和车，是这个世界上唯一活动的，全世界都是雾；我和车，是茫茫太平洋里一苇小舟，其他全是水；我和车，是无边雪野里一只饥饿的红嘴鸟，除了雪，看不到一段可以栖息的枝，找不到一只被遗忘的果……

所有的繁华与贫瘠、狂欢与落寞、颜色与气味、亲人与陌生人都在大雾里遁去、消失、虚无，整个地球上，整个时空中，只剩下我和这辆老旧的车。

车灯无力，光穿越不过迷雾。再好的眼镜，也看不清前方，哪怕十米，五米。

……

还好，谢天谢地谢鬼神，能看到车头右前方矮矮的一节涂白的直杆了，我要沿着它们一米一米往前蠕动。千万不要断，一定要依次排列在前面啊，做我的参照物，让我一直向前而不要误入沟中。

十米，二十米，雾慢慢散去，能见度有三十米，真是一件幸福的事！这时才敢分心想起手机来。

"小度小度，还有多远？"

"小度小度，刚才害怕吗？"

"小度小度，咱们厉不厉害？"

管"她"回不回答，我要说话，我要击碎这个世界的死寂。而小度反反复复告诉我公里数，也成了证明我不孤单的唯一声音。悦耳的小度，美丽的小度，虽然愚笨，虽然所知甚少，但却是我最亲最亲的人。

加缪说，请不要走在我的后面，因为我怕我不是一个好的领路人；请不要走在我的前面，因为我怕我不是一个好的追随者；请走在我的旁边，做我的朋友。

副驾驶上是手机里的小度姑娘，就是我雾气里共患难的朋友，我将永不卸载它。

虽然还没有清亮，但已经可以跑到三四十迈了。想着孩子爸冲我吹胡子瞪眼："说了不让晚上去了吗！"嘿嘿，我一定要平安抵达，然后啥都不说，过好多天后，再一一描述，然后加一句："我是谁呀！化险为夷、有惊无险、吉人天相，我，你放一万个心吧！"

"天之将丧斯文也，后死者不得与于斯文也；天之未丧斯文也，匡人其如予何？"我担负着人类繁荣的重任，大雾其奈余何！

前面，一百米，又出现一辆小轿车，天派来的，与我同行。

走了没多远。那辆车的尾灯又成了隐隐约约的吉光。然后，它消失了。

四下茫茫，我又进入了混沌之初。我第一次理解了"团雾"的概念。

夜深了，老天爷一定在打瞌睡，不然他一定会看到我一会儿快，一会儿慢，快似脱缰马，慢如负重龟，他一定会撇撇嘴，嘟囔一句："搞什么鬼名堂，就知道一个人闹着玩儿！"

无论，他老人家怎么想，怎么说，我的心又提起来了，在浓雾里，我找右前方的树——是谁在路边栽了这么多整齐、均匀的树呢，积德行善，必有好报，救我一命，胜造七级浮屠。

凭着记忆，我知道往南走一段路后，还要向东钻一个桥洞子，才能再一直向南到达衡水榕花街。可是，在哪里左转弯呀，我分不清前和左前右前。

以公路和土路在夜雾中的些微区别，我终于沿着公路再次步入正轨。前面的车灯，一会儿显，一会儿隐，像我的理想，有时有，有时无，但我相信它一直会在。

我和小度又穿越了好几团浓雾，每一次入阵，我都万念齐聚方向盘，齐聚车灯所及处，丝毫不敢分心。

小度说："前方限速60。"

我说："笑话！你不如限我6。"

我说："小度小度，还有多远。"

小度说："还有18公里。"

我说："18公里是什么意思？""你说是不是前面没有团雾了？""你不能多学点对话吗？""你读过经典吗？你可以用文言文和我对话。""请你告诉我240国道是何方神圣？"

呀，我看到深夜里的灯光了，我看到高速出口了，高高的牌楼上面两个字一定是"衡水"，你不让我走高高在上的高速公路，我一样能从你右边驶进亲爱的衡水市。

## 每一次抵达，都当是一场劫后逢生

榕花北大街，我一直一直觉得它亲切，今夜，除了亲切，更有久别重逢的隔世之感。为了走在榕花大街上，我曾经历了那么多。

衡水市区，再也不会出现团雾，那人类文明的高楼与灯光，足以大大消去雾魔的威风。虽然那高高的、隐在薄雾里的高楼灯光像海市蜃楼，像空中楼阁，但一颗心已经平安着陆。这时才发现，我一直是向右微弯着身子开车，难道这样就能更专注？

23：58，孤胆女英雄驾车驶进地下车库。

00：23，搬运快手把必需的行李整理完毕，跟孩子爸、大儿子汇报说："犒劳自己，吃草莓！"

孩子爸发图片点赞，又说"厉害""真棒"。他们哪里知道我这一路的心跳，画成起落曲线图，一定是上天入地下海，跌宕起伏，妙趣横生。

01：34，我把半截流水账说说发出去，感觉太流水了，又设成私密。近凌晨两点，入睡，我可以睡到八点！然后不急不慌去接孩子啦！

人生岂不是这样，说不定在什么时候，就被团雾包围，让人无所适从，找不到方向。走出浓雾，道路依然向前延伸，容我们去往想去的地方。

如果在浓雾里停步、放弃，那么，前面所有的清晰与晴朗，都将与我们无缘了。

想到此，不禁恐惧。

愿我们的人生永无风雨与团雾，如果有，再苦再难也要坚持，因为最终迎接我们的是清亮天地和金色阳光。

那能让我们在困厄中坚持到胜利的是身后站着的最温暖的亲人，是我们绝不言败的强大内心，是值得我们深深眷恋的人间。

## 鸣谢

小度，在阴森莫测的深夜寂静中让我有声音可以相慰、释压；

护驾迟的街灯与民房，在遇到团雾前给了我明确的地理方位，让我在接下来的行程中，有了大致的把握；

前面的两辆轿车，在岐银线和南行公路上成为我的灯笼，给我温暖与方向；

当晚所有与我相逢的货车，始终与我保持安全距离，且没有鸣高音汽笛增加我的紧张；

护驾镇以南的若干朵团雾，让我平安体验到有生以来开车的最大困难；

当晚的夜，以它的漆黑加大我驾车难度，提升我成功后和自豪感；

所有有我手机号码的人，在这期间没有任何电话，让我不受惊吓、不感到委屈、不分心；

小城到衡水的距离，不远不近，足以让我体会夜雾行车的难，也保证路线适中不让我发生任何危险；

……

## 再探我平安抵达的原因

第二天一早我要接孩子放假；

车上接着父母准备的好多好吃的，我得和孩子们吃光；

我得给孩子爸做早餐；

致美班的小孩儿们等我领他们读完四书五经唐诗宋词；

成人班的女子们等我和她们一起在东山桃花下读《诗经》；

全县 57 万人民等我写成某史第二卷；

几十万蜻蜓听友在等着我的国学诵读；

2020 年《小星星》和某选要给我寄稿费；

有人等着我于高楼之上，一边喝茶，一边听音乐，送夕阳、迎素月，还要把好看的水果摆成我的垂涎欲滴；

阿帘还等我去大同看越南花梨书桌；

一个更美的春天等着本命年的我；

……

所以，我必须凯旋。

新房子已经收拾好，却总也舍不得搬过去。因为旧家小区的院子里种着梧桐。无论读书还是做家务，一抬眼，就能望到绿色的大叶子。大叶子在风里尽展婀娜，美不胜收。晚上，对面楼的灯光把梧桐叶的影子映在窗帘上，成了一幅晃动的水墨画。

梧桐树上栖息着小麻雀、喜鹊，一大早，它们就鸣叫起，让人偷不得懒。虽然小麻雀们经常把粪便赏赐给停在下面的汽车，但因为喜欢鸟儿，便觉得那黑白有力的笔触完全可以称作一幅画。

一年四季，梧桐都美。春生夏盛，绿意一天肥似一天。无论晴无论雨，梧桐总在引诱人在唐诗宋词里找它的影子。秋天，落叶被扫成一堆一堆，人很想凑上去点燃一堆篝火。冬天的梧桐没有了叶子，枝干树枝疏朗有形，小圆球悬挂在枝上，随风摆，铃铛似乎要响起来了。

天冷了，真的要搬家了。物业居然发出通知，说院里的梧桐因车位需要要被砍掉了。虽然心疼这些高大的乔木，但是这不正是让我了无遗憾地搬走吗？不禁又欢喜起来。

有一天，和一位姐姐喝茶聊天，突然记起有一场演讲赛要我去当评委，马上到时间，匆匆让姐姐送我过去。一路上说，真不想当什么评委，那哪比得上喝茶聊人生更有意思。

进了会场，前排桌子前已经坐满了人，并没有空桌更别说桌牌了。一位姑娘迎面走来跟我说，真不好意思，这是初赛，等决赛再邀请您啊。我连忙说"好好好"，扭身往外走。迅速给姐姐打电话："赶快调头！来接我回去，咱们继续喝茶！"姐姐见了我说："你真是天人，想什么来什么，这么不可思议的事情都能发生。"

一群人去龙门石窟，游览完后经白园一直往外走。我跟典姐说，想回到入口那边买点东西。可是人们都累了，往外走一小段路就能到大公路上打车回酒店了，谁还会再返回去呢？

领队老师来了电话，让原路返回，我非常开心。哪知这些人并不行动，商量了一下，又拨通领队的电话。我想，这下只能跟大部队走，回到入口那边不可能了。

哪知他们交涉的最后结果是，所有人都踏上了我希望的那条路。

摆在桌上的牡丹石就是那天晚上的收获，它注定要和我结缘。至今也不知道领队出于什么原因让人们原路返回。

为纪念建党一百周年，我们去市委大楼外拍视频。当时乌云满天，四个人从车里下来时，都很担心。于是仰头向天空说："请让我们唱完了再下雨吧！"

我们站在高高的台阶上，在飘扬的红旗下，唱《没有共产党就没有新中国》，刚唱完，大雨点就下来了。我们跑回车上时，头发和衣服已经湿了不少，车外大雨如注。她们说："要是当时许愿说回到车上再下雨就好了！"好像老天一定会按我们想的去安排一样。

很多近似奇怪的事情发生了，仿佛冥冥中真有神灵护佑。可是他们说："还不是因为你有一个好心态！"

孩子离得近，多好啊，一叫就到，亲情就是要朝朝暮暮嘛。孩子离得远，多好啊，祖国幅员辽阔，我们得以领略不同地域的风光。

过十字路口，遇绿灯，多幸运，可以一路畅通，省下很多时间；遇红灯，多幸运，可以研究一下前面车牌的含义、欣赏日日不同的街景、探头望一下头顶的天空与云朵、背诵一段经典名篇。

住在大都市很美，博物馆、科技馆、高端大厦随时去，国内外优秀剧团的话剧、各种演出随便看；住在小县城也美呀，安安静静的，噪音少，道路宽。最美的是，稍微一溜达，就走进了清风拂面的田园原野。

身体健康是好事，欢蹦乱跳，四处逍遥，或工作或游玩或助人或娱己；得一场大病也是好事啊，遇见另一个层面的人，经受不同寻常的考验，收获千金不换的人生经历和精神财富……

老子说："祸莫大于不知足，咎莫大于欲得。"孔子说："既来之，则安之。"所以，一切都是最好的安排，好的是好的，所谓的不好的也是好的。凡发生，皆恩典。

此生难得，好好对待出现在生命里的红桃绿柳、粉墙黛瓦。大自然把一切都布置好了，我们就好好欣赏吧。

# 从天堂门前走过

如果天上真有一位神明，他每天坐在椅子上打瞌睡，偶尔看一眼人间，他会不会听到在某些角落有人在声嘶力竭地呐喊？

那些有声或无声的呐喊，来自肿瘤医院。神明自有他的安排吧，转过身他又打起瞌睡来。

我作为一位宫颈癌三期患者，来到了肿瘤医院时，是 2020 年夏天。家人告诉我是零级癌，但需要做手术。当时已经四十七岁，做就做吧，把子宫卵巢等全切掉，就没事了。

那是我除了生孩子第一次住院，手术之前，我跟正常人一样，还把本子拿出来写钢笔字。小儿子要高考了，我每天练字一页，以此来助力他的学习。有没有用我不知道，但这样我觉得心安且无害处。北边床上的人问我："你是老师吗？"我说不是。

她知道我这两天做手术前的各项检查，说："你多好，能做手术。我不能做了，做了下边，上边也没法做。"

我不知道什么是下边、上边，也没再问。

她说："唉，晚了，都晚了。我家孩子懂事，给买了一辆车，我和他爸跑出租，没白天没黑夜的，这下好，病了，钱全白挣了！"她深深叹口气，"记住吧，以后别那么辛苦，把自己累垮了，没人能替！"

有时候，她骂骂咧咧，像劝自己又像在让老天听见："死就死，好人不也得死吗！"

我默默地听，大多时候不作声，她看到了她前面站着的死神，我能怎么劝？

我能说人生如逆旅，你我皆行人吗？她的语气里全是不甘和痛苦，她无法平静。那自我安慰的话里，藏着更多的无可奈何。

第二天早晨，医生护士来查房里，医生问她是否做基因检测，那是个自费项目，三千六，还没等医生说完，她很直接地说："不做。"

医生走后，她说："再打一针，我就出院了。一天也不愿在这里待了。"

我只能静静地看着她来来回回出入洗手间，收拾东西。她把一个便盆递给我，上面包着塑料纸："妹子，这个你留着。你放心，我买了它一次没用，这还是新的，所以我敢送给你。收下吧，省得再买了，你还用得着。"

"以后也许用得着，你还是留着吧。"我说了这么不妥的一句话。

"用不住了，我不会再住院了。"

她爱人来了，两个人默无声息收拾东西，很快就走了。

辛辛苦苦跑出租挣钱，然后发现了癌。她的光头，说明她不是刚刚来治疗的吧，那就应该是刚刚发现癌细胞扩散了。她出院了，不是康复出院。

彼此不知名姓的我们，就这样分开了。那个扁便盆，我放在洗手间的架子上。

她回家了，我不知道今后她会怎样，也不敢想。她和我同岁，不胖不瘦，面色白皙。我盼望奇迹。


一个病房有三个病人，正值疫情期间，白天不允许任何人进入，晚上七点后，才允许一名家属进病房陪同。但是南床上的病人例外，她女儿24小时守在身边，因为，她浑身疼，她女儿要不断地帮她捶，偶尔趴在床尾歇一会儿。女儿胖乎乎的，叫翠。这是一个孝顺女儿，不睡的时候，就小声地说话逗她母亲开心。

翠的母亲肚子里长了"大疙瘩"，拱出了肚皮，医生来给她检查，轻轻一摁，她就喊疼。翠无数次去找医生，找护士，讨论她母亲的病。

翠的母亲也偶尔和我说话，她说："你看你多好，有文化，啥都懂。"

我不知道哪里让她看出我的文化了，只夸她女儿孝顺，她说："是呀，这闺女是不错，但是已经四个月了，她也有家有口呀，唉……"

为了护工费的事，翠和护工组长吵起来了。翠从母亲住院第二天起就一直守在病房，根本不用着护工，而护工费却多收了好几天。


有一天晚上，到了休息时间，各病床的布帘都拉起来了，各自成为一个小世界。南边在打电话，起初还压低了声音，后来翠的母亲就控制不住了，大声在手机里喊。虽然她有很深的方言，我还是听得了一二。她恨恨地说："你别再说了！明天先拿两万块钱过来！"手机那边是一个男人的声音，也是急急切切说了又说。接电话的应该是翠的哥哥。

翠也在帘子里，看不到她，她一句话也不说，只叹气。

一天傍晚，我去走廊里散步，回来时，见到医生和翠站在拐角处，翠一脸愁容。经过他们时，我听到医生在讲："先交 20 万，但能否下得了手术台，也不敢保证。"

当天夜里，病房里来了好几个人，收拾东西，翠和她的母亲匆匆走了。临走，翠对我勉强笑了一下说："你好好歇着啊。"

病床没有闲下来的时候，这个刚走，马上就会有新的病人住进来。

手术前，我脖子上扎上了准备术后输液的管子，做了让人窒息、热得难受的核磁和增强 CT。手术前一天下午喝下了 750 毫升又甜又咸的泻药，真难喝呀，真恶心呀。我不怕后果地没有喝完——就当是我喝完又吐了些吧。

亲人们都来了，守在手术室门口，从七点到下午两点，午饭也没吃。我却是熟睡在手术室，一觉醒来，手术就成功了。

体内少了子宫卵巢，体外多了三根管子、两袋盐。

有一天，突然听到医务室传来歇斯底里的哭喊。有病友说，那是刚来的一个病人，刚清楚自己的病。

例行检查身体，我带着管子慢慢走去处置室门外排队。哭声回荡在走廊里，我循声一看，处置室斜对门的病房里，正中间床上仰面躺着一个三十多岁的女子，也没盖被子，一边打电话一边大哭。

她那悲恸的哭声，那天塌下来的样子，让我鬼使神差走进去，冲她喊："哭什么哭！"

听到我一声霹雳，她停下来，把手机从耳边移开，看我。

"你哭有什么用！病了就看，不要跟亲人们哭诉，他们能怎样！这里有医生，配合，我们就是配合！"我左手拿着纸垫子，右手提着尿袋，冲着这个被打击崩溃的人继续说，"咱们都是一样的，一样的病，一样的处境，病了就面对，好好治，不要哭。"

在说"咱们都是一样的"时候，我声音哽咽了，勉强把话说完，转身离开了病房。

上天，你看看吧，在这个繁花似锦的人世，有人在为成功呐喊，有人在为胜利欢笑，有人在为爱情多愁善感，有人在街头巷尾搬弄是非，而有这么一群人，正被死神提起衣领正对它狰狞的脸。

我就是这一群人里的一个啊。身体残缺，心力虚弱。

不要哭，不要怕，兵来将挡，水来土掩。茫茫大海，扁舟再小，也得渡。那岸，必有我们的家园。李白说，天生我材必有用。我们就这样平平庸庸离开？不会的。


术后第 8 天，出院。我以为以后就是慢慢恢复、一天比一天好了。哪知，妹妹告诉我，还要化疗。

"化疗"两个字，震惊了我，我知道是病得很厉害了才需要化疗，而且小时候跟父亲听收音机，广告里经常说"能够减轻病人放化疗的痛苦"，因此知道化疗一定是痛苦的。我，零度癌，还要化疗？

不是零度，是初期。家人们说，要回医院化疗三次。

于是，我在不久后又回到了病房。其他人都是化疗四次六次，我三次，看来我是最轻的，真好。

输化疗药品前，要在上臂内侧的皮下植入闭合输液装置——输液港。这个小手术倒还算可以，但之前的全切手术前，要在脖子上扎针装上一组输液管，这个比较恐惧。但躺在床上没办法。所以，我一心想着小儿子，对每一厘米的恐惧都转化成对孩子的祝福。

化疗住院时间短，但还是注意到同病房里的一个元氏姑娘。她是下午住进来的，黄衫黑纱裙，亭亭玉立，很赏心悦目的女子。那天晚上，她几乎没睡觉。在洗手间哗啦啦吐了不少。后来就在走廊里溜达来，溜达去，扶着后腰，很疼的样子。

偶尔回到床上，自言自语道："生不如死。"

如花似玉，倾城倾国，怎的就要受这痛苦呢？我虽然是病号，但更多地同情起她来，她那么纤巧俊俏。

夜里，她还在走廊里走动，不肯进病房休息。我决定临走前一定鼓励她一番，再痛苦也要坚强，相信先进医学，挺过去，你还是你。

第二天吃饭时，她换成了红衣牛仔裤，更加楚楚动人。

我问她练瑜伽吗，她笑，果然，还练肚皮舞等。我说，要坚强。

她说，我心态好，看开了。我读书，知道人的生死都是正常的，死不可怕。

她说，我在家等住院的日子里，每天洗脸化妆，我女儿不理解，我说，精彩给自己，片刻不马虎。

她说，跟你一样，以前我也不生病，自认为体质好。其实"体质好"有两种可能：一是真的体质好，二是，本是一个极寒的人，外来病都找，但它麻木了，表现不出来了，其实这是体质极不好的。

她说，今后会对自己好点，多调理，保持心情愉快。

我说，我本想鼓励你，现在，倒是听你给我上了一堂好课。

素不相识，日后不再见面，不知道彼此的名字，她于我，是惊鸿一面，也是星光一束。在这个世界上，总有人在闪光，照向陌生的人们。

再次化疗，邻床又换了人。晚上她爱人来陪床，小伙儿在床上睡，病人打水、洗饭碗，收拾清了，俩人躺在床上说话。这是做手术前，跟没事人儿似的。做手术，病人昏昏沉沉不睁眼，小伙就忙起来了，又是捶腿又是捏脚，关怀备至。

化疗完三次，我才知道，三次之后是放疗，放疗之后还有三次化疗。我，已经被治得麻木了，爱怎样就怎样吧，有亲人替我做主，我听医生的就是了。我亲爱的亲人们，对我一步步诱骗，让我不因为战线太长而恐惧。

在接受放疗期间，医院没有安排病房，我们在外租了房子，每天来往于放疗室和房子之间，在经过医院的楼群里，经常听到人嘤嘤哭泣。可能是病人，更可能是家属，每当这时候，心里就不是滋味。疾病说来就来，不跟任何人商量，这个世界上，有多少挣扎在生死线上的人呀？

给他们一次机会，检点从前的生活方式，改善作息，改进饮食，修身培德，然后，和正常人一样快乐地生活百十年，不好吗？

罹患癌症是不幸，也是万幸，在灾难后面，一定有一份珍贵的礼物等待我们去迎接。如果他们有的不幸离开，那么请吸取教训，她的亲人朋友，一定要引以为戒，健康地活。如果她们挺过来了，那么请一定珍惜再珍惜，用凤凰浴火重生的姿态，迎接今后的每分每秒，毕竟，人间值得，未来可期。

手术前做核磁共振检查，安陪我去。我躺进细长的床，有医生来扎我胳膊，输上液。细床移动，我进到舱里了。安在我头顶那端，轻声给我安慰说："我在这里。"

我屏气不力时，医生就让安帮我捏鼻子。每次松开手后，他，还要轻轻按按我鼻尖鼻梁，帮我放松鼻子。

刺耳的声音震荡着我的脑袋、身躯，我被机子推来推去，好像它忘记了时间只管用难听的声音来向我示威。

他不时说"我在这里""我在这里"，闭着眼的我，就知道他就在身边，我不怕。

他每次松开我鼻翼再轻摁我鼻尖，我就觉得感动——顶天立地粗线条的男子啊，到了这时候竟然如此细微。

长时间的核磁不好受，尤其是在很近的地方传到耳朵里脑腔里的怪声，但是有最爱的人陪我一起走过，就是幸福。

我后来在 QQ 说说里写道：

在舱的另一头，有个声音说："我在这里，我在这里。"

躺在舱里，知道头顶有棵大树，在试图为我遮风挡雨。

我在冰冷风雨里，上苍没收了所有的伞。

有暖流汩汩涌动，给我温暖，给我力量，给我长长伸出的手臂。"我在这里，我在这里。"

孔子说"某在斯，某在斯"，是多么礼貌周到。他说"我在这里，我在这里"，如上帝慈爱的声音，引领我在恐惧中坚定地奔向那个温暖所在。

山林寂静。净水安然。

跋涉过险山恶水，终于回到这红尘乐土。唤回我的，拉回我的，抱回我的，是生命里最爱的人。

花香绕着风铃，绿水环着青山，飞来飞去的小精灵们，举着亮晶晶的星星灯。

残缺的肉身，幸福的灵魂，都在七月的摇篮里安睡。

睡上一觉，忘记那些风雨，或者，继续穿越必经的风雨。

然后，从花丛中起身，在阳光里微笑，在亲人的搀扶下，站起来，走起来，跑起来。

这最好的安排，这最合适的风雨，这最值得眷恋的人间。


体重不足一百斤的我，经过了 6 次化疗，29 次放疗，在亲人们的努力下，我一天天强壮起来。从天堂门前经过，是我人生的一大笔财富。

感谢我的亲人，是你们给了我第二次生命。你们爱我，我知道。我必将努力，让自己有足够的能力去爱你们。

提醒所有人，请保持科学饮食、合理作息、情绪稳定，这于健康很重要。

祝愿所有的癌症病友，都坚强，都能挺过去。

# 红绸袄

搬家，多年不动的角角落落都得以翻腾一遍。衣橱顶上的樟木箱子积灰不薄，小心地取下来，打开，结婚时的绸缎棉袄艳艳地映红了屋子。时间，在这喜气难挡的红光里瞬间转身，回到了二十七年前。

母亲一定是看好这门亲事，高高兴兴地骑自行车带我去县里最好的裁缝家，让人家给我量肩膀、量胳膊、量肚子。做一件厚的正红的，再做一件薄的亮红的，还要做一个玫红的皮和一个棉胆，所谓"活里活面"，可以拆下来洗。

结婚是深秋，还不至于穿袄，但是必须有新棉袄的嫁妆。

穿过一两次，然后，我把它们变成了守箱人，守望至今。

初成家，没有太多物质的奢望，二百多元的工资，也不觉得拮据。只是一过中秋和春节，就要费脑筋，父母公婆姑姑舅舅都愿去走走看看，不多的礼物买下来，工资已经捉襟见肘。孩子来了，玩具是不买的，现成有什么，就玩什么。零食也极少买，因为我告诉孩子那是"垃圾食品"。

后来，孩子们已经可以在超市换着样儿地买桶装、盒装、瓶装牛奶了。大儿跟他弟弟讲过去的故事，说，为了庆祝他小升初语文数学得了双百，"咱妈妈呀，破天荒出手阔绰给我买了整整一箱特仑苏纯牛奶！

哈哈哈。"不是所有的牛奶都叫特仑苏，不是所有的小升初都值得纪念。要不是当时孩子被整箱的牛奶惊艳到，也不至于牢记这么多年呀！

年轻时的贫困不算贫困，我们俩也从没有因为日子清苦而灰心，人活在世，好好干，总是会越来越好的。

喜欢国风古典元素，比如盘扣。两朵姊妹花分成两瓣，一瓣伸出一个布圈儿，一瓣留出一粒布疙瘩。它们无声地呼唤着，静静地呼应着，要合成完整、均匀、对称的妩媚。布圈儿是深院竹枝旁的圆门，是秋天晴夜里的满月，是望向未来的眼睛；布疙瘩是春天的蓓蕾，是夏天的雨珠，是秋天的浆果，是冬天暖暖的珠玉。扣它们的时候，手自然呈兰花指，细细慢慢把小疙瘩推进袢圈里。扣好了的布纽扣像被藤蔓轻轻拢住的小鹿头，睁着亮眼睛好奇地望着森林外辽阔的天空。

从前认为红色太俗，后来才体会到，只有红才能真正表达浓烈奔放的喜庆。红装红颜红酥手，深红浅红小桃红，古人诗词写不腻，今人喜事穿不穷。明亮水润的红颜色，让人油然生出欢喜，那是风华正茂的新人在她嫣红岁月的灼灼其华啊。

绸缎，是当时最时兴的嫁娶布料。被面、袄面、盖头、帐子，很多都是绸缎的。绸子滑滑，亮亮，不染纤尘。村里一年四季平平淡淡，就盼哪家有喜事。红绸子挂起来，给整个村子都增了色。鞭炮一响，崩得村南村北地上全是红纸屑。不知道的，还以为红绸帐子飞上天散成红雪花了呢。村里人说绸缎不说绸缎，说"绸儿"，加了这个儿化音，绸缎就更显得飘逸柔软招人喜爱了。

红绸袄上细细致致地绣着梅兰竹菊，金线银线，一丝不苟。说它富贵，又很亲切柔和；说它鲜艳，又不乏端庄沉稳。棉絮也是上好的品质，洁白、柔软、蓬松，穿在身上暖暖和和。从古至今，所有新嫁娘的红绸袄都是这样的吧？大大方方，娇娇艳艳，不用张扬，也不用羞涩，天下女子最好的年华配得上这样一件红绸袄。

给我做红嫁袄的夫妻还在小城之北吧，他们可还坐在平房小屋里的布料中间，认真地踩缝纫机？送亲队伍走过的路拓修了一次又一次，路边的小树早已参天。那时二十出头的新娘子已经年近半百。只有红绸袄，丝毫不减当年的红，穿越了时空，闪着新艳的光芒。

红绸袄躺在箱子里不见天日，但它一定听得到我们从两口到三口到四口的欢声笑语。它默默陪我们起早贪黑在贸易城打拼、把两个孩子从幼儿园送到大学、我生病手术恢复、他一步步实现人生抱负、孩子们越来越成为我们的骄傲……这袄分明是家里的守护神，它红，它旺，它永远赐福于我们。

母亲骑自行车带我去做袄，好像除了让我穿，更是为了让它来记录这二十多年的流金岁月。经历过生活的劳累和贫穷，经历过疾病的凄风和苦雨，现在，不都一一好起来了吗？好起来了吗？红红的绸子袄，是高高举起的一束火把，让我们在任何逆境中都看得到光明。

杨贵妃的云裳羽衣，唐三藏的锦襕袈裟，小长工的火龙布衫，巴黎城的时尚大氅，而在我心里，这件红绸袄，有不逊于它们的种种殊荣与地位。喜欢呀，那年那月，虽清贫，却满含喜悦与希望。因为有爱，因为向上，所以相信美好的愿望都能实现，相信所有的红火虽远必达。

抱着软软红红的绸缎袄，像抱着自己的青春一样不肯放手，又像把从前的自己揽入怀中，无限爱怜。把袄展示给家人们看，都说："真新呀！真红呀！真好呀！"

然后，满怀感激把叠得整整齐齐的红绸袄放进了待弃袋子，高高兴兴地跟它道别。渡江别舟，水路走完，前面，又是新征程了。

# 浓浓我爱

那年夏天，我们兄弟三家九口人在日照莒县路边烧烤店，喝到酩酊。席间，我张牙舞爪地跟二妯娌、三妯娌说："找个好丈夫容易，找个好婆婆，难！"她俩也趁着酒兴，对我连竖大拇指："大嫂说得对！说得对！""十里八村，找不到这么个好婆婆！"

养育三个儿子，对于土里刨食的农民来说，是一件很骇人的事。为了能多挣些钱养家，公爹趁农闲到集市上卖猪肉。寒冬腊月，婆母也要凌晨三点起床，抱柴火烧火，用松香熏肉。然后，装筐，由公爹用加重自行车驮到高古庄集上去卖熟食。公爹走了，鸡开始打鸣报晓了，婆母的院子里也热闹起来。婆母从鸡窝走到牛棚，从猪圈走到羊圈，给这些能够补贴家用的动物们喂食，一刻不得闲。赶上猪牛羊要产崽，婆母常常是夜不能寐。公婆从不偷懒，从不享受，省吃俭用，因为他们有一个非常现实的目标：三个儿子，都得娶上媳妇。

二弟结婚，我们结婚，三弟结婚，婆母的长征终于胜利了，可以想象，在三弟结婚时，婆母的心情该有多么舒畅！

婆母在穿衣上从不计较，她的原则是：能穿就行。我母亲曾经把一件蓝格子外套送给婆母，婆母很喜欢。春节，婆母把这件衣服穿上，一过大年初二，她又把衣服洗好叠放起来。我们妯娌仨的秋衣毛衣，她能穿的，都要过去穿。妯娌们给她买新衣，她会把这衣服穿上好多日子，并严正声明："今后可别花这个钱了！给孩子们攒着吧！我老了，有穿的就行！"

我和爱人刚相识时，婆母对我姑姑说："我这仨孩子从没让我生过气。"当时，我们都以为这是她在替自家人说好话。后来才知，确实是真的。她没生过气，一是孩子们懂事，二是，她脾气太好了。

结婚第一年到公婆家过春节，因为个头矮，我穿着高跟鞋，鞋跟常常钉进地面的青砖缝里。第二天，婆母拿出一双千层底翁鞋来："穿这个吧，又暖和又舒服。"我知道婆母是喜欢我的，不在意我的身高，我也就乐得接受了那粗笨却温暖的翁鞋。回老家，婆母都会去园里摘新鲜蔬菜、刨新葱，经常是从院里的井中提上水来，把菜洗干净。说："你们没时间，城里的水又贵，洗了就省事了。"冬天还要去挖开坚硬的冻土，从地窖里掏出水润的萝卜、蔓菁，让我们带回来。

结婚前，我是不会蒸馒头的。婆母说，不会可不行，自己蒸馒头比买的不但便宜而且好吃。婆母不厌其烦地一遍遍手把手一个步骤一个步骤教我，无论我多笨，她也不嫌不烦。我刚结婚时，还要教我纳鞋底缝鞋帮，我说在城里上班没有穿家做鞋的才得以幸免。虽然如此，我还是很喜欢婆母教我这、教我那，守着婆母，就守着了岁月的安稳。

大儿子出生后，婆母来帮忙带孩子。那时三弟还在上学，婆母一来，家里只剩下公爹和三弟了。过星期天，婆母才能回老家一次。回来说："他们呀，做一次白粥吃三顿。"我心里过意不去，但没有别的办法。后来，婆母的母亲安姥姥来给我带孩子，公爹和三弟才过上了正常生活。对于给我带孩子，婆母从无怨言，总是说："没事儿，怎么也得看孩子，庄稼荒了没人笑话，要是孩子没人看，可说不过去！"

婆母带孩子，绝不是为了"完成任务"。她尽心尽责，把满腔的爱都给了孩子。儿子小时候，每次半路喂了饼干或馒头，孩子就会欢跑着各屋子去玩。婆母说："吃了干的要让孩子喝水。"我说："看他玩得欢，一会儿再喝吧！"这时婆母就会嗔怪道："一会儿？一会儿你就忘了！"婆母真是能洞悉我的一切，我只能扮下鬼脸儿，把孩子哄来喝水。婆母常说："用心管孩子，才能保证孩子不生病，不生病，小孩子一蹿就起来了。"

老大出生于五月，在医院里，我盖着一床毛巾被，由于产后身体不适，很烦躁，拽着毛巾被左拉右扯。婆母不知给我拉了多少次，盖上我裸露的胳膊，温和地劝我说："月子里可不能见风，落下病将来会受罪的。"生老二时，我都进产房了，婆母还从衣兜里掏出两个鸡蛋塞给我："能吃就吃掉，一会儿生时有劲！"

出院后回到家，婆母一天给我做五顿饭，看到我吃得多，她可高兴了。婆母本不是一个爱做饭的人，但为了我，她努力地变换花样来满足我的胃口。有一天我和婆母、大儿子看旧相册，大儿七岁，竟然指着相册给我同学叫"姥姥"，把我们笑得前仰后合——这一笑不要紧，我小便失禁了！那是冬天啊，婆母把我的厚绒裤拿去洗，我说："等一会儿我娘来了再洗吧。"月子里，婆母给我洗血污、尿污、汗污。她不等着我的母亲来，说我母亲农活忙；她不把活留给我爱人，她说他工作忙；她更不允许我去洗，月子里就是养，干什么活！

生了小儿子后，单位搬到了城东，我每天骑自行车上下班，到家后总是热汗沾衣。每次，都是婆母帮我晾上白开水，要我喝完，还要让我歇一会儿。说："你刚回来，奶热，马上喂奶孩子会上火的，快歇歇。"又一手抱着孩子一手拿来毛巾让我擦洗。

婆母晚上和七岁的大儿子住一屋。有一天，婆母喜笑颜开又神神秘秘地对我说："你猜昨晚飒儿跟我说什么了？"我当然猜不出，催她快讲。"他问我，他小时候都是谁照看他的。我说，好多人呢，你老姥姥，我，你姥姥姥爷，你姑姥姥……我问他问这个干什么，他说我看谁照看我了，今后挣钱了，我得请一桌。"我也笑了，婆母说："这家伙，真比吃了他的请心里还痛快呢！比吃了蜜还甜哪！七岁的小孩儿！"

后来小儿子断了奶，婆母就把孩子带回老家去。每顿饭，都是提前给小儿子舀出来，婆母说："小米粥熬好了，掀开锅后不搅锅，把最稠的舀一小碗出来，守着孩子吃完。这样等全家一起吃饭时，孩子吃多吃少也就随意了。"虽说"随意"，婆母还是有规矩的，婆母说："靠墙坐好，我在他旁边堵着，吃完整顿饭，才可以动地方。"因为婆母管得好，孩子们从来不会在吃饭过程中瞎跑乱走。

婆母小学二年级没上完，却是一位有远见的人。她大儿子面临初中毕业时，媒婆们纷纷找上门，介绍的都是村里经济条件好的人家，婆母当然知道经济条件好对这个家意味着什么，也想及早地摆脱受苦受累的穷日子，但是她跟人家说："孩子还在上学，怎么也要等毕业考完后再说呀。"其实婆母心里清楚，她的儿子学习好着呢，不见得跳不出这庄稼地去。

我从前在单位管本科的工资，因为添了小儿子，就把工作交出去。后来婆母在外面听说"裁人"之类的话，回来跟我说："你赶紧去上班，孩子交给我，你放心，我能带好。你得去管工资，多管点事儿，到时人家才不会裁你。"我平时也发表些小文章，得一些小稿费，婆母说：

"别嫌少，别人还写不出来呢！你好好写吧，多写，孩子交给我。"后来，因为我踏实肯干，经常被借调到其他单位，婆母说："看！写好了就有人用，你可别偷懒，好好给人家写，有什么活儿给我拿来，你写你的！"

凡是交代给婆母的事，没有一次被忘记。我想，那是因为她把我们的事都稳稳地放在心上，从不因为事小而忽略。"娘，你给我记着啊。"只要说这么一句，这件事总能被及时提醒。以至于我说："娘是没赶上好年代，不然，清华大学也有您的位子！"

孩子们长大后，婆母很少来我家住，偶尔住一两晚，见到我早上给爱人准备温开水，就对我大加赞赏："对，就是要惦记着他们点，他们是在外挣钱养家的，他们好了，咱们都好。"她说的"他们"是指她的三个儿子，这样的话，想必婆母也对其他妯娌说过，她希望我们妯娌仨好好对待她的仨儿子，这样才有好日子。这朴素的道理是婆母总结的亲身体会。千真万确。

婆母三岁丧父，二年级没上完，就因为家里缺劳力辍学了，"我个子高，力气也大，去村里井上挑水，一般人追不上我。"我见过婆母年轻时的照片，可以想象出一幅画面：白皮肤大眼睛的婆母梳着两条大辫子，穿着花布衣，扁担在她肩上摇摆、晃荡，十来岁的婆母一走一颤。大铁桶的水清冷冷的，婆母的眼睛和笑意也清冷冷的……婆母现在七十一岁了，依然面容白净，弯眉笑眼，慈祥温柔。

婆母一心一意辅助公爹操持家务，把一个五口之家打理得有条不紊、生机勃勃。公爹脾气不好，有时会跟婆母瞪眼，婆母并不介意，反而私下对我说："你爹这个人哪，对我可好了。你们买来的熏鸡，他都把鸡腿让给我吃。"公婆二人从年轻到年老，一直围着孩子们转，一家十四口，融洽和睦。

只要我们回家团聚，就会上演"妯娌仨喜战俏婆母"的大戏：吃完饭，碗筷洗净归位，方桌摆上，垫子铺好，麻将牌哗啦啦倒出来，四员女将归座，"来来来，看我空手套白狼。""除了自摸我不和。""我这人没别的毛病，就是爱来暗杠龇。""我把把天听你们别红眼啊！"有说有笑，输赢无谓。串门的来了，总是羡慕道："你看人家领着三房儿媳妇儿，这个美！"

每逢春节，我们十四口人都会在公婆的大院子里，拍一张全家福，老两口坐在中间，四周儿孙成群，婆母就笑成了一朵花。

我们妯娌仨也笑成了花。

妈属虎，今年七十多岁了。

有一年冬天冰雪多，妈炖了羊骨头叫我们去吃，席间边吃边聊，我们叮嘱父母一定要注意身体，妈笑道："今年冬天我摔了四个跤了，愣是没事儿！最近一回是去你舅那里，出村上公路，拐弯，拐的弯挺活的呀，却不知怎么就倒了。电动三轮滑出有好几米远，我爬起来看看后面没车，过去把三轮扶起来照样走——你们看，没摔晕吧，车没坏，我也没事！"我和弟妹纷纷数落她不该冰天雪地里出门，不该摔了跤不告诉我们，妈说："摔个跤算什么！至于让你们瞎分心吗！"

有一次，妈回家发现没带钥匙，手机也没电了，邻居家大门紧锁，她竟登着堆在外面的柴火垛爬上墙头，沿墙头走了一段，再从羊棚上下到院子里。这件事，所有听到的人都闹她不应该。她却说："没事儿，我悠着呢！"

我们去省会植物园玩，儿子要去坐过山车，可我受不了那急剧升降的刺激，又不愿让孩子自己去，劝孩子放弃。这时妈竟然站出来，坚决陪着外孙子坐了一回过山车。那一年妈60岁，儿子16岁。在我的提心吊胆中，妈平静地从过山车上下来了。

我们去南方妹妹家，因为带着一包做被子用的棉胎，火车站的安检不让上车，除非它变成了"被子"。看看离上车还有时间，妈就让我和父亲在车站等，她抱着棉胎出去了。当她抱着被子出现在我们面前时，我们和安检员都惊呆了。

原来妈出去租了三轮，买了花布，又去找一个嫁到这里的本村姑姑。在没有手机号码、只知道"她在体校"的情况下，妈竟然找到了人家！在那位姑姑家里，请姑姑帮忙缝好了被子，然后又租三轮车回到我们身边。

据姥姥说，在妈13岁的时候，因为大人太忙顾不上，而妈又太冷，就自己拆了旧袄，续上棉絮做成了新袄。从那以后，舅和姨的棉活儿也成了我妈的事儿。结婚后，妈不光要做我们姐弟的棉衣，亲戚大小人的棉活也要做，就连不沾亲不带故的同村人也要在初冬时候把她请去做上四五件。妈不怕累，她缝制的花布棉衣合体地裹在更多的小孩身上，她喜欢。

母亲也用缝纫机，哒哒哒地响几阵子之后，就会出现几个漂亮整齐的椅垫或是一个好看的单肩布包。妈做出来的活儿比市场上卖的还要细致，用起来极为舒服。妈做的小孩子衣服，那个花边呀，兜呀，都跟城里小孩的相差无几。妈手巧，任何样式，只要她看得到，就能裁剪出来。

妈做饭也是一流的。过春节常常是12口人一起吃饭，满满一桌子菜，大多是妈一手操持的。到最后杯盘狼藉时，妈又争着洗碗，她说："你们进屋去聊，我啥也不懂，我洗碗。"妈就是这样，全家人高兴了，她就高兴。聚会时总是她在乐呵呵地忙，由着我们又是说话又是照相又是满院子和孩子们玩。她炸丸子，蒸包子，蒸血糕，烙大饼，炸果子，熬猪头冻，炒菜更是色香味全，就算是熬北瓜山药玉米粥、蒸馒头、炒大白菜都是美味，难怪有人说"她把爱心放进里面了，你们才觉得好吃"。

七十多岁的妈一点儿也不服老，她跟年轻人去跳广场舞，骑着自行车去城里逛超市，带着村里的老人去公园散步游玩，和父亲在南院种菜、喂鸡、收拾房顶，和年轻人没有两样。

妈使用家用电器从不发怵，电饼铛、微波炉、电饭锅、电高压锅，用起来轻车熟路。她时时刻刻都跟着小城的步伐，一步也不曾落下。

也因为妈的结实，我们姐弟三个更多的是惦记父亲的身体，对妈的健康关注程度不高。但妈没有怨言，总是说："别惦记我，我好着呢，论做活儿，我比你们这些弱不禁风坐办公室的人可不差！"

# 父亲的爱好

20 世纪 70 年代，父亲下地，总背上一个柳条筐，筐里放着他的收音机。收音机很大，有两节外置大电池为它供电。父亲的收音机越换越小，用一个塑编手提篮就可以提着下地，方便了很多。

父亲把收音机放在前面几米，然后折回来劳动，等人一步一步挪到收音机前面，快要听不到了，就返回去，把收音机挪到更前面去。星期天或是假期里，我随着大人下地，有意无意听了许多广播剧、评书。中央人民广播电台的《小喇叭》和《星星火炬》父亲也是听的，不知是因为旁边有我，还是父亲根本就顾不上调台。

收玉米的时候，父亲拿着镐砍棒秸——把镐抡起来扎入玉米棵根下，向上一兜，整根玉米就连根拔起，磕掉根上的土，把玉米秸顺在地上——快要干枯的玉米叶子被抖得哗哗响，哪里还听得到收音机在说什么，但父亲还是舍不得关掉收音机。

后来，家里的地由种庄稼改种苹果树。除了打药，其他如剪枝、疏花、疏果、套袋、摘果、环剥、浇地、施肥等等一系列活计，无论在地上或在树上劳动，收音机总会在父亲身边热热闹闹地唱呀说呀。

中午放学后，我经常和几个小伙伴在大门底下用石子玩"走棋"，一到时间，父亲喊我的声音就从北屋传来："快点啊，《群英会》开始了！"其实，那时的我对评书的感觉一般，但听到父亲那样兴奋地招呼，我也就一溜烟跑回屋去听。

从收音机里我听了《岳飞传》《杨家将》《夜幕下的哈尔滨》《平凡的世界》《风流才女石评梅传》《三国演义》《三请樊梨花》等等，还有不可枚举的广播剧、新闻甚至广告。

外出上学后，我极少有机会和父亲一起听收音机了，很多时事新闻也听不到了，我很快变得耳目闭塞。而每次回家，我都能感受到父亲与时俱进的步伐。

父亲的收音机不知换了多少台，大大小小，红红绿绿。如果一开始就收藏父亲的收音机，该是多么有意义的一件事啊。一来为父亲收藏他的记忆，二来记录时代的变迁。但父亲的收音机新的一来，旧的就去，一台一台都湮没在岁月里了。

前些年，出现了小巧的、便于携带的"MP3"，能随心下载歌曲小品相声，父亲很感兴趣。我便买了一个MP3放音盒，又买了一个8G的储存卡，下载了一些相声小品，又教给父亲怎样调音量，怎样调节目，怎样定时，父亲非常高兴。

一天，父亲冒雨来找我，拿出半张旧挂历，背面写了一些戏曲评书的名字。从此我踏上了给父亲下载音频的漫漫长路。

过了几天，我把卡送去，说，除了按目录基本下载完，又下了365回的《三国演义》，够您听一阵子了。父亲很高兴，说把小放音盒装在口袋里，再也不用从苹果树上爬下来调台了。

没过多少天，父亲又来了，拿出一整张挂历，背面还是目录。为了这张目录，我一连几天没日没夜地下载。有一天正在下载，来了一位朋友，看到了那张挂历纸上密密麻麻的字，大惊道："天啊，那么多，这光写也得写上一大天呀！"又说："看来你父亲很有文化素养啊。一定是超级发烧友！"

我按实际下载顺序把目录打印出一份，和父亲手书的顺序相差无几。到了父母家，父亲对我的工作很满意，说："我又买了一个小音箱、3张卡。现在我有两台机子5张卡，可以轮换着随便听了！"

不但让我下载，父亲还让弟弟、弟妹帮他下载，后来嫌弟弟弟妹下载得太慢，就把10页（连《说明》是11页）的目录本子给我，我跟父亲说："您可别着急，我得歇几天，这几天一直下载这个，头晕眼胀。"

那些天我看电脑看得胃里恶心。母亲说："哼，写一张就让人家下载，写一张就让人家下载，你写三个字，人家得下载半天！正像你那时喝酒，喝到半路扭头说'再炒俩菜'，你一句话没事了，人家洗菜切菜炒菜得多麻烦！"父亲对我说："有你原来下载的那些，我能听好长时间呢。你别急，这个，两个月也没事儿！"

再去时，父亲要我教他下载，说："我学会了就不用你们了，你们都忙。"

我教他下载歌曲，他就拿出一个本子记，每一步都要问清记好，我说："不用记那么详细，实际操作起来很简单，您记得太多，反而更麻烦。"他不听，一定要点一下鼠标记一下。父亲的电脑实在慢，经常要关机重启。

自从父亲学会了下载，我就解放了。不仅如此，父亲的人缘更好了，因为七大姑八大姨、街坊熟人都来请父亲帮他们下载这，下载那。

我知道下载的辛苦，所以很心疼六七十岁的父亲，母亲也经常跟我们数落："凌晨四点就起来开电脑啊，晚上也不睡！"但父亲却乐此不疲，有求必应。

后来，父亲有了看戏机，不光听音儿，还能看视频了。再后来，父亲有了智能手机、平板电脑。父亲学会了使用微信，学会了网购，算得上一个与时俱进的老头儿了。

但还是会陆续出现很多问题，诸如怎么在照片上写字啦，怎么制作视频呀，七十多岁的父亲现在已经不再依赖我了，因为他已经有了新的更得力的高级顾问——他的大外孙。

父亲网购，可不限于淘宝、唯品会、京东、拼多多、头条，有时候不知道哪里蹦出来的卖货信息，他就一点一点，买了。等寄来的东西根本不是那么回事儿时，他就打电话让我们去，退货。

在哪个平台的呀？不知道。当时在看什么呀？不知道。

父亲也不想给我们找麻烦，有时就自己把网购软件删了，决心不再相信网络。可是过些天又重新下载，继续网购。

父亲买的东西五花八门，茶杯、裤子、羊杂汤、T恤、电子秤，电子秤是用来称较轻的物品的，母亲说，收到快递后，称个小药瓶，称包牙签，然后就把秤装进盒子，放在橱顶再也不管了。

买到得意的东西，父亲就很开心。跟我们炫耀。看他的开心劲儿，我们觉得那些不顺的网购都不算什么了，十回里面能碰到一回开心就很赚嘛！

电脑已经退役了，父亲天天看手机，一有问题就叫我们。母亲还是抱怨父亲"烦""耽误孩子们时间"，而耳背的父亲全然不理会，照样该问就问。还经常在微信群里留言说："又有新问题了啊，我都记在本子上了，等你们来了教教我。"

勤学好问的父亲不断地"烦"着我们，就像我们姐弟仨小时候不断地烦他和母亲一样。我们长大了，父母还结实，不厌其烦地过这没完没了的日子吧，它是这么美好！

# 小小的幸福

　　被麦田和果林簇拥着的小县城里，浓绿的蜡树下，有一个修自行车的小摊，它的主人，是一个黑瘦小伙儿。

　　最起初，小伙子是和他爷爷一起的，小伙子修车，爷爷躺在一张藤椅里。到了傍晚，收摊了，爷孙俩就收拾起散落在地上的工具，装在三轮车上，回家。爷爷个子很高，但佝偻着身子，整个背都面向天空了。

　　爷孙俩交谈都轻声细语，和和气气。几年后，他爷爷不再来了，只剩小伙子，可他还是天天在路边修车。

　　初夏，头顶上的蜡树撑起了荫凉，但那块荫凉太小了，小伙子就支起一个遮阳棚，遮阳棚把棚下的人映得红红的，他的生意也红红的。附近的人自行车出了毛病都会来到这里，请他修，不一会儿就骑上车子高高兴兴地走了。路过的骑车人因为车胎气小了，也会停下来，用修车摊的打气筒打气——随便拿，随便放，就跟自家的打气筒一样。有些闲在的人，骑车路过修车摊，尽管车子并没有坏，也要停下来，在修车摊前逗留一会儿，聊一会儿天。这个修车摊几乎成了人们驻足谈天的好地方。

炎炎夏日，大地被强烈的阳光照得一片惨白，公路上蒸腾着热辣辣的暑气。零星走过的车辆、行人也都昏昏欲睡，几乎要被无边的热气融化掉。修车摊搭起的遮阳棚成了摆设，大太阳猛烈地穿透遮阳棚，把光亮和热度肆虐地扑向修车摊。没人来修车时，小伙子就躺在藤椅里休息，睡着了，又热醒，一把蒲扇只是在热风里翻舞，并不能带来多少凉意。一台收音机兀自播放着小说或是歌曲，也不管它的主人是不是还在听。有时候他也掏出手机，对着屏幕微笑。每当有人推着自行车在摊前一停，他就再也没有其他的事，一心扑到自行车上了。

寒冬腊月，路口的风强劲地吹过修车摊。小伙子的双手裸露在刺骨的寒凉里，手握冰冷的铁钣子，为每一辆自行车检查身体。他的手是皲裂的，油黑的。顾客把头缩回羽绒服脖领里，跺着脚说天气，问他的寒暖。每次收摊，他把工具装进三轮车里，地上的包装纸、散螺丝、废弃的零件，也被他捡拾起来扔进附近的垃圾箱。小城是洁净的，修车摊也不能给小城抹黑。

蜡树长叶、开花、结籽、落叶，朝阳晚霞从天边映照过来，小摊前驻留的人说说笑笑。很多小城新闻就是从这里被聚集起来又分散到各条街巷的。城里哪家企业要上市了，哪条街上的博士生要出国了，修车小伙子听着，笑着。自行车被底朝上翻过来支在地上，小伙子坐着小马扎认真地摆弄自行车。透过转动的车轮，人们会看到他笑时露出的雪白牙齿，很好看。无论多少稀奇事在惊天动地地发生，修车摊总是无动于衷又风雨无阻，伴随着它的主人走在阴阴晴晴的天气里。

日复一日，年复一年，修车摊就在那棵蜡树下迎送着四季。只在极少的情况下，人们路过时看不到修车摊，那时，心里就跟真的空了一块似的。而当下次再路过，又看到修车小伙黝黑的面容，那才是完美踏实的。

来请他修车的人都知道，自行车的小毛病在他手里三下两下就鼓捣好，不要钱。有时来人想换个新零件，他就会告诉人家"没必要"，然后用旧零件把自行车修好，也不要钱。回数多了，人们过意不去，坚决给钱，但谁也犟不过他，他根本不说价，只说"走吧"。

不知道这座小城里，有多少飞驰的自行车经过了小伙子的巧手，又有多少人熟识这个小伙子，把他当作救星。小伙子脸膛黑瘦，心灵却清澈见底，明亮憨厚的笑容里，没有一丝功名和伪善。他麻利而认真地修理自行车，补胎、换车座、修车蹬、拿聋、换飞轮、调车刹……每一个动作都饱含着他对于生活的全部热情。他像一朵深谷幽兰，为路过的清风默默吐香。这个肤色黑黑、不善言谈的小伙子，足够配得"最美小城人"的称号。

城市飞速发展，开汽车的人越来越多，骑自行车的却也还大有人在，谁来为这些骑自行车的人服务呢？修车小伙儿。修自行车，虽是极其简单的事，但长久坚持下来，需要的，是一颗不简单的心。

清风吹过小摊，吹动了小伙子的衣袖，他感觉那种温度很怡人；推车人来时求助的目光变成满意的笑容；块二八角的人民币递给他，他接过去；路边门店里的人招呼他去喝水；他和爷爷拉修车工具的小三轮换成了农用汽车；守着生他养他的家，守着这小小的县城，守着这条车水马龙的道路……这么多小小的幸福，都是他的。

行走在这座小城的骑车人也是幸福的，因为有他。

# 人间烟火味

母亲是位美食家。普普通通的食材在母亲手里，也会变成人间美味。就算是一碗玉米糁粥，母亲做出来，就不是一般的好吃；和一小块面，揪面片，盛到碗里就赛过正宗刀削面；两个鸡蛋打下去，勺子一搅，就是一锅清新悦目又爽口的鸡蛋汤。"饥者易为食，渴者易为饮"，可是，不愁吃喝的今天，我们依然贪恋着母亲的饭菜。

小孙女想吃肉松，母亲就去城里买来猪肝，炒熟，碾碎，真的就做成了松软美味的肉松。弟妹说，别人家的小孩哪里吃得上这么绿色健康的肉松呀！母亲把肉松装进干净的罐子里，说："这个容易，吃吧，吃完想吃我还做。"

母亲做"过油肉带汁"，黑木耳、红西红柿、绿蒜薹、粉白肉片，黏稠适口的汤汁，酸香适鼻的调料，我们的食道、胃都因为食物的经过而欢欣不已。城里再有名的过油肉带汁我们也吃过，只不过是过油肉带汁而已，跟母亲做的不在一个层次。

每次包饺子都是母亲一个人包，我们大大小小近中午才去，去了饺子就只等下锅了。母亲每次至少会包两样馅儿，然后问我们哪一样好吃，回答是："都好吃，各有各的味儿。"一家人伸着筷子夹饺子蘸醋低头猛吃，这时候，母亲总是笑盈盈地。一板板饺子煮下去，一盘盘饺子端上来，很快就板空盘净，所剩无几。母亲总是最后一个拿起筷子的，你如果去厨房要帮她，她就会说："去去去，回屋说话去，别在这儿碍手碍脚的！"饭后，母亲就开始催我们走了："走吧走吧，你们忙，回去歇歇快去上班。"

蒸包子时，母亲用院里一口烧柴火的大铁锅。一大盆面发好了，母亲把两屉大包子蒸进锅里。巨大的圆锅盖掀起来，热气腾空而起，白白胖胖的包子一个挨一个仰着如花笑脸。大家都吃饱了，然后，弟妹一袋，我一袋，两大屉包子，没了。母亲从不肯给自己和父亲留，说："我们想吃随时能蒸，我俩吃新的。"而每次吃"新"的，这些儿女又何曾被落下呢？

白面馒头，杂面卷子，馅饼，丝糕，血糕，烧饼，大饼，葱花饼……天天吃面食，从没厌烦过。

做灯盏儿、包粽子、做月饼、蒸黏窝窝，母亲的美食让我们对传统节日记忆深刻。一到什么节吃什么，我们已经烂熟于心。母亲不辞辛苦地在每个节日去准备，日子就这样变得有滋有味有营养。

儿媳想吃红烧肉，母亲就红烧；儿子想吃丸子，母亲就炸丸子；女儿喜欢吃鱼，母亲就蒸龙利鱼；孙子要吃鸡，母亲就炒公鸡；父亲想吃素菜，母亲就从菜园里摘来新鲜蔬菜凉拌……母亲无所不能，只要亲人需要。

家里种着柿子，柿子太多，母亲就把柿子趁硬时切好晒成果脯柿饼；家里种着葡萄，除了给我们摘来吃，母亲还为我们酿葡萄酒；家里种着薄荷，母亲会在汤里撒上两片薄荷叶……

除了韭菜、茴香、茄子、豆角、西红柿这些平常的大众蔬菜，母亲和父亲还种洋葱、莴苣、砍瓜、花椒、西葫、菜花……凡是孩子们想吃的，父母都要试一试，"省得去买那些上过农药激素的"。

　　《高山上的小邮局》中希帕蒂娅说，"烹饪就像绘画。"为我们准备餐饭时，母亲也有着艺术家的愉悦，她把涓涓爱意融入其中，所以，饭菜才会如此好吃啊！

　　伊尹、易牙太遥远，生活在农村的七十一岁的母亲，才是我们的厨神、守护神、最美的女神。谈及孝顺，母亲说："来吃我做的饭，来拿你爹种的菜，这个呀，比守着病床喂我们药强。"谈及身边的朋友都羡慕我，母亲说："把你的朋友们叫来，想吃什么，我给你们做！"

　　人家可不是图吃，是羡慕人间烟火里，我有一对健康快乐的爹娘呀！

# 启蒙老师

那天骑自行车和小儿子去妈那里，在村口遇到张老师，路面上全是雨后的泥泞。张老师正站在路边，看到我，说："我给你点苹果啊，美八，可好吃了。"我说："不用不用，我妈这边种着呢。"

等我在妈那边还没走，老师开着三轮车来了，把一竹篮又大又红的苹果递给我。妈说："嗨，你别惦记着她！"老师笑着说："就算你们也种着这种苹果，也一定没有我的好看好吃。"我问老师："您的三轮车在哪里呀，当时我怎么没看到？""在家里呀。"

老师的家在村子的西头，遇到她时，她可能是来这边串亲戚，见了我，害她步行回家装苹果，怕我离开妈家之前赶不到，就骑电三轮来了。

苹果摆在客厅的果盘里，红红亮亮地诱人。张老师是我小学五年的老师。我上高中时，张老师在师范进修，我和一位同学去看过她一次。那时还是学生，根本不知道要带礼物。有一天傍晚，是个打饭的时间，张老师来深州中学找到我，说了一会儿话，然后从包里拿出一顶毛线帽子，说："在学校里空闲时间多，我给你织了顶帽子。不知合适不合适。"然后老师就帮我戴在头上，仔细打量。

不大不小正合适，老师笑了，然后就跟我告别，嘱咐我多吃点。

我戴着老师织的暖融融的帽子一直遥望老师的身影消失在学校大门口。

第一个教师节是在我上初中时，那时刚离开张老师不久，心里一直就很喜欢她、感激她，于是在第一个教师节我给张老师写了一封信。我记得好像有一句"向您致以崇高的敬意"，当时写它时，是用真心来说这句话的，现在看到别的场合的这句话，怎么看怎么觉得是形式主义的空话套话。我写的那封信有两三页长，也不记得在里面说了些什么，一定很稚气很学生气吧。

过了好久，妈跟我说："我碰到你老师了，说你过教师节时给她写过一封信，是吗？"我点头。妈接着说："你老师说，本来想给你回封信，但是怕写不好，不知怎么写，就没写。"

这证明我的信老师是收到了，而且看了我的信很开心，这就足够了。从此，过教师节我断断续续写过几封信给张老师。2009年我出了本书，厚着脸皮送给张老师一本，到现在也不敢问她的读后感。

小学五年（那时小学还是五年制）一直是张老师教我，数学，语文都是她一个人担任。上一年级时，老师让我站起来，把自己做的数学题念一遍，和全班同学对答案，可惜我声音太小，除了同桌没有人能听见。老师让我大点音儿，几次都不行，老师最后说："算了，你坐下吧。"我现在都不知道为什么当时声音那么小。

第一次放寒假，我在街口和小孩们玩，张老师的侄女对我说："你数学100，语文99，你考了第一名。"那是我有生以来第一次考试，对第一名并没有清楚的概念，玩完了回家，妈正坐在炕上纳鞋底，我把话一说，妈停下来，非常高兴的样子，说了一通什么好好学考大学的话。

一次老师考完生字，我错了一个"养"字，于是在本上一遍一遍地写这个字，我在第一张桌，老师一低头，发现我写了大半张的"养"，就拿着我的本子向全班同学展示："考完了，你们这一会儿都做什么了？你们看张莉同学，一会儿工夫写了这么多，这是什么精神！"

二年级时，我爱极了"分角色朗读课文"。学《狐假虎威》时，老师让背诵。课上正好提问到我，我站起来背"……老虎一怔，松开了爪子……"背完，老师不让我坐下，冲全班同学问："莉同学背得好不好？"全班同学异口同声地说好，老师才让我坐下。那一刻，我并没有觉得我读得好，倒是从此产生了更浓厚的兴趣。后来，老师总是让我领读课文。每次有外班外校老师来听课，张老师总是让我朗读、回答问题。

三年级开始写作文，第一篇让写《雪》，我忘了当时写的什么，总之老师在班上读了，表扬了。后来篇篇必被老师当作范文，自己也非常爱上作文课。只是当时张老师总是怀疑，有一次让写一个诚实的人，我在开篇描写了一个非常寒冷的场景，老师说："如果不是抄来的，真的写得好。你是抄的还是自己写的？"我站起来脱口而出："抄的！"然后马上改口："我自己写的！"我知道那时，老师和全班同学都会以为是我抄的，但是那时还是小孩子，并没有多少羞耻之心。依旧一如既往地写我的作文，老师也是从始至终地怀疑加表扬。那时的想象力极其丰富。写种树，把小树苗写得活灵活现，什么眉什么眼，说什么话，现在虽然忘了，但是依然记得老师在课下坐在我座位旁边小声问我："我怎么好像在哪张报纸上看到过这些呀，是你自己写的吗？"我说是我自己写的呀。

写完作文不满足，还要自己编故事。一开始和斯如一起把听来的《杨家将》《岳飞传》写到本子上，后来竟然随意发挥起来。写了32开本子的反正两面，够一百字就用中括号括起来，注明是多少多少字——我那时怎么有那么多时间做这些没用的！后来和君同桌，她也爱写，于是二人轮流出题目，写下了不少同题异作的神话故事。比如《神奇的蜡姑娘》《小白马》，好多好多。

记得五年级一次上"夜学"，在煤油灯和蜡烛的光亮里，张老师逮住我们写"题外文"了，当时心里扑扑跳，怕挨批。但是老师笑了笑说："这是自己让自己写作文呢？"然后就走了。

也许对文字的感觉能力是天生的吧，从学龄前就爱听老爷爷讲故事讲笑话。上了学，遇上张老师，把我的这个天性激发出来，于是奠定了一生的对文字的热爱。张老师的表扬让我更有动力，她的怀疑让我更有信心。

张老师讲完课后，总是在课桌间走走，遇到同学们提问就耐心讲解。张老师给我讲题时，她的手指沾着粉笔末，点在我的本子上，很有力，她总是那么干净，散发着淡淡的香。张老师爱脸红，和别的老师说话时，有时就红着脸笑，很美。

她教我们念拼音，声母韵母相拼时，一开始就要把声调读出来；她给我们讲笔顺，每一笔都要按规定来；她让我们抄笔记，把每一个词语解释都要记牢，时至今日，我依然记得《自相矛盾》里，"戳"的解释是：用尖端触击。那时我很喜欢背解词，理解能力也是缘于此吧？

小学五年很单纯，好像就沉在课本里，好多课文好多场景至今记忆犹新。张老师的音容笑貌也一直美丽地停留在那个岁月，她是正值芳华的青春少女，我是瘦瘦小小的黄毛丫头。

# 安姥姥

爱人的姥姥，我在文章里称她为"安姥姥"。她已经九十五岁了，一个人住在一座小院里。石榴、香椿、枣树、桃树、豌豆与辣椒……这些高高低低的植物，在小院里竞相斗艳，把原本荒凉的一块地方，挤得热热闹闹。

早早起来，她围着村子走一圈，速度缓慢，由着性子。看到玉米田，会站在地边，打量那些挂着红缨子的玉米穗儿。瞥见道中间有块砖头，又会弯腰捡起来，扔到路边。季节合适时，安姥姥还会背上一个柳条筐，遇到谁家遗落了麦子、玉米、花生或者棉花，她都会拾起来。苦了一辈子，看到东西被糟蹋，她心里不舒服。

大多时候，她在棚子里做饭，赶上天冷了再回屋收拾。时常煮小米粥、玉米粥，煮面条，熥馒头，还会烙葱花饼、馅饼或者蒸小包子。她从不因为懒惰，少做一顿饭。对老人来说，好的，不多吃一口；赖的，不少吃一口。定时定量的饮食习惯，几十年雷打不动。

饭后，有时去邻居家"搂纸牌"，牌局里当然隐藏着很多上心的事。后来岁数大了，安姥姥不再打牌，只因为脑子慢了，抓牌也不灵活，何必给别人添麻烦呢。

午饭后，不管能否睡着，她总会在炕上躺一会儿。歇够了，又打开木板门，到街边石头上坐着，听村里人讲些个家长里短。她是一个睿智的人，只听，从不插言。她觉得："岁数大了，不懂这个那个的，就乖乖听呗"。

晚饭后，轻手轻脚地擦洗一遍，她就早早熄灯睡觉了。夏天摇着蒲扇，一下一下，直扇到睡梦里去。冬天裹进棉被里，万籁俱寂，睡梦更香甜。不肯用电扇或者暖气，夏天有蒲扇，冬天有炉子，足够了吧。

前些年，安姥姥最喜欢孩子，婴儿还没满月，就成了她的宝贝疙瘩。孩子就望着她，快慰地笑，安姥姥甚至比笑意盈盈的宝宝还高兴哩。

村里人都清楚，安姥姥这位长者很有人缘，早就熟悉四邻八家的人们。人家夸她身板硬朗，她总是跟婴儿那样，快活地一笑，似乎品味到了年长的舒心味道。

她确实长着一颗童心。一旦有空，就从鞋架上，取出别人的鞋子试穿。哪怕当着晚辈，她也有心思当面穿新鞋。瞧那份有趣模样吧，一扭一扭，夸张地走起路来。除此之外，更愿意戴别人的女式帽，或者摸过别人的眼镜来，架在鼻梁子上。

据说，因为从小跟后娘长大，家里很少有人在意她。有一回，被开水烫到腿和脚，只能咬着牙，一瘸一拐地赶到远远的大夫家。赶到缠脚的年龄，她使劲躲，缩到了房顶上，苦熬日子，末了，没人较真儿，总算躲过了一劫。

成婚之后，婆婆对她特别好，安姥姥也感到了家的温暖。可惜，好景不长，未及而立之年，丈夫便去世了。她拉扯着三个孩子艰苦度日。

多年之后，除了给晚辈看孩子，就再也不愿离开家，甚至不愿在俩闺女家里住，她说："婆婆叮嘱过我，不要离开村子。这是咱的家。"有人说，这是她年轻守寡，婆婆担心她改嫁。其实，我一直相信，那是因为婆媳情深，她愿意听从老人的每一句话。

那年，安姥姥带来一张一英寸照片的旧底版，说是安姥爷，她想洗一张照片出来。当照片洗出来，却发现相片上的那个人面目模糊，根本辨不清男女。姥姥说："这么多年，底版都磨坏了，根本就看不清。"说着，把照片撕得粉碎。

门口长着一棵老枣树，树干很粗很高，结的枣儿并不好吃，每年，虫子都把枣树叶儿吃得零零落落。安姥姥经常扶着粗壮的树干守在家门口，她眷恋着那棵枣树，常低声细气地说："这是你姥爷亲手种的……"

# 沉默的姥爷

小时候，我发现姥爷的右手和我们不同，除了拇指能动，其他四个手指都向手心弯曲合拢，像是要握住什么东西而突然僵住。吃饭的时候，姥爷就用拇指和拳头合作，攥住筷子，吃起饭来很慢。

问姥爷。姥爷淡淡地说："让大黄狗咬的。"

说完这句话，姥爷就像平时一样，眯起眼睛，不作声了。谁家的大黄狗把姥爷咬成这样呢？姥爷不说，我也不敢问。

上小学之前，我一直跟着姥姥姥爷生活。常常倒坐在大榆树下的小竹椅上，一边摇晃着小屁股一边自说自话。有一次晃得厉害了，小竹椅翻了，哭。姥爷牵着我的手给我拍土，也不数落我。那时好像父母很穷，母亲拿着口袋去姥姥家要玉米糁。姥姥站在瓮边舀，姥爷撑着口袋说，多舀啊，多舀。那个时候，姥姥家并不宽裕。

城里起庙会的时候，二舅总会开着拖拉机拉上满满一车人去城里"赶庙"。姥爷说他不喜欢看热闹，情愿在家看门。那个年代每家都很穷，连道围墙都没有，"看门"看的什么呢？姥爷送我们到村口，拖拉机走远了，他还站在那里向我们望。等玩了一大天，傍晚坐着拖拉机回村时，我又看到姥爷站在玉米秸垛前等我们。我天真地问："姥爷，您在这里站了一天吗？"姥爷笑说，没有。姥爷孤独吗，为什么不跟我们去庙上看热闹呢？

我上小学后，每个星期六傍晚，妈妈都送我去姥姥家玩，星期天傍晚，姥爷又用自行车把我送回我们村。姥爷骑一辆加重旧自行车，车梁上搭系着碎布缝成的"车兜儿"。小小的我，几乎每个周日都坐在车把前的横梁上，跟姥爷走在村与村之前的土路上。姥爷把我送到村口，看着我蹦蹦跳跳进了村，安全了，才调转车头回去。我从来没有问过姥爷，回去天黑了吗，能看清路吗？有时天空中还会打雷，跑进家里的我，根本不去想姥爷是不是被大雨淋透。

姥爷虽然话少，但有时还是很严厉的。水开了，我去灌暖瓶，他不让，怕烫着我。我说我在家里常做这样的活，我能行。姥爷说，不行。我们姐弟一去，姥姥姥爷就拿出点心来，倒上水。吃了点心就跑出去玩是不行的，必须把水喝完。

姥姥的村子紧邻307国道，二舅二妗在村头开了一家小饭店。姥爷天天从家里走到小饭店，帮着烙饼、干活。姥爷微驼着背，慢慢地走过池塘边，走过村子的长街，拐好几个胡同，才能到小饭店。二妗怕累着姥爷，不让去，但姥爷说："能帮点是点，反正我也没事。"

那时还没有石黄高速公路，小饭店与307国道只有石津渠上的一弯小桥相隔，因此，到衡水上学的我，每次开学放学都把姥姥家当成落脚点。我下了公交车后从舅舅家到姥姥家，经常看到姥爷一个人在家，那时候，姥爷更沉默了。他倚靠在西屋的被摞上，不吸烟的时候，手就插进袖子里，有时听广播，有时就那样静静地坐着。我进屋，姥爷说，我给你找你姥姥去。有时我说，不用了，我待会儿就走。然后，坐在炕的另一头。可我们没有话说。阳光斜射在东墙上，沉默压抑着屋子。我常常扭头去看墙上贴着的旧画，盼着姥爷开口。姥爷很少说话，无非是问我什么时候开学，留我在这里吃饭。姥爷的脸在暗处，有时吸烟，慢慢地吸，仿佛时间都走得慢了。其实我好想问问关于他年轻时候或小时候的故事。而抬眼看看姥爷，那份沉默，那份安静，让我不敢跟姥爷多说话。

有时姥姥会回来，一时打破那沉默，仿佛是阴暗天空的一道电光，豁然劈出一个明亮的世界来。但有时，姥姥没回来，我再也坐不下去，跟姥爷说："我走了。"姥爷说："好，走吧。"站起来送我。

开学时，我依旧是从姥姥村子上车。姥爷总是在饭后陪我走到舅舅家的小饭店里，再和我走过短桥，在路边默默等车。记得有一年春天，风特别大，姥爷身体不好，我坚决不让姥爷上桥，他不同意，非要跟我等在初春的冷风里。可恨的车总也不来，我们俩站在路边，没有话。姥爷穿着厚厚的棉衣戴着蓝布帽子，微驼着背，陪我静静地等着。

飒儿是九五年五一来到人间的。姥姥来看过我们几次，姥爷却不爱出门，并没有看到过飒儿。夏天到了，飒儿三个月了，天气很好，我跟爱人说，等下一个周末，我就带飒儿去看姥爷，让姥爷看看又白又胖的外孙，我要在他眯着的眼睛里看到由衷的笑意。

可是，下起雨来了。

爹到我们楼上，说，娘和姨都在姥姥家，姥爷昨晚突病，说，孩子太小，你不用去。我想，娘和姨，还有二舅二妗子，他们人多，加上爹请去的有名医生，姥爷很快就会好的。等雨停了，我再带飒儿去看他老人家。

可是，再去看姥爷，是我一个人去的。姥爷不在了。

我骑车向姥姥家，大太阳晒着白白的长江路和村中坑坑洼洼的街巷，我用最快的速度进了院子。满院子的人为我让路，我来到屋里，直奔幕布后的姥爷。

姥爷静静地睡在那里，我喊了一声姥爷，眼泪早不知什么时候流下来。我看着姥爷，近距离地看着姥爷。

他们说，别哭了，别把泪滴到姥爷脸上，不吉利的。

坐在出殡的拖拉机上。一路埋头哭着，嘴里心里一直叫着姥爷，别的什么都说不出来。出了村，过了307，向坟地而去。身边的表姐说，别哭了，孩子还要吃奶。我抹着泪，止不住地抽泣。泪已干，嗓子疼得很。

回来的路上，骄阳似火烤。回到家，爱人说，我抱着飒儿去楼口望了你一百遍，孩子饿得直哭，你不早点回来，我都快急疯了。

我把孩子抱过来，说，我姥爷走了，我去送送他，不要数落我，我很难过。眼泪，再次滂沱。

几年后，写过一篇回忆姥爷的短文，在那段字里，我说，我要怀念我的姥爷，我一定要更加好好地爱姥姥。那时姥姥87岁了。她爱着我的飒儿语儿，看到了我冬天穿着的裙子，住过我现在住的大房子，坐了外甥女婿的车。我说，姥姥，会有一天，我开着自己的车拉着你满世界玩去。

后来，我看到了姥姥保存的姥爷的残疾证书，才知道姥爷是在抗战中负伤的。姥姥说，姥爷和战友们去炸炮楼，同去的两个都牺牲了，姥爷命大，只受了伤。

咬姥爷手的大黄狗，原来是日伪军。姥爷只字不提，是战争太惨？是对战友太伤怀？是觉得一切都云淡风轻没有必要？姥爷拖着他受伤的手，一直过着平静的日子。

姥姥也没有再跟我提起过去。他们那一代，他们这些普通人，在战争中，不知落下了多少伤痕，当过上了安定的日子后，他们也平静下来。他们躬身在农家院子里，躬身在庄稼地里，一天一天迎送着日升月落，把他们全部的生命寄托在儿女孙辈身上。他们不说什么话，只是默默地守候着，护佑着，直到再也散发不出一点温度。

# 昨夜西风凋碧树

我最亲爱的姥姥走了，带着她的清洁、美丽、慈爱。从十一月，我一直尽心尽力地跑去看姥姥，不管风冷路远，也不怕让语儿抱怨到校时间晚。

我和姥姥坐在二舅地磅前，透过长江东路最东段高大的白杨，望着印染厂门外飞扬的尘土。

我和姥姥站在她在磅上的新屋里，她指给我看大舅大舅妈为她修的冲水坐便、暖气、自来水洗手池。

我和姥姥坐在晒了一地的苹果落叶的妈的院子里，给姥姥搓手，给姥姥讲玩笑话儿，和姥姥看孩子们在院子里疯跑疯跳。

我和姥姥坐在妈的西边厨房里吃饭，给姥姥夹菜，姥姥说吃不了了，我说不行，吃啊，乖。然后相视一笑。我好喜欢姥姥那样爱怜地看着我笑。

我和姥姥坐在妈北边屋子里吃饭，我们很快吃完了。姥姥用小勺一点一点慢慢吃，吃得很慢。语儿在催促我去上学，我使眼色，不行，我要等老姥姥吃完。语儿就要哭。而我心肠硬，我必须看姥姥吃完。

我给姥姥剪指甲，近两个月给她剪过三次。姥姥要好，我把她的指甲修得圆滑齐整。指端有些干裂，我给姥姥涂上润肤霜，无遍数地涂、按摩。

我和姥姥在医院里说话，姥姥的话总是逗我笑。我没事就拿她的羊角梳子给她梳头，夸她双眼皮，夸她头发好看，夸她长得俊。姥姥总是慈爱地笑，望着我，望着她一直疼着的外孙女。

我给姥姥剥小蜜橘，一瓣一瓣放进她嘴里，姥姥总是要自己来，我偏不。我无数次地问这个人跟那个人的关系，有时把姥姥考倒，她就说，唉，我还能不知道吗？

我和姥姥睡在同一张病床上，紧挨着她。她一动，我就会醒来。白天输液时我一直握着她的手，怕跑针，然而还是跑。每次重扎，我都扭头，让姥姥也不要看，我转移姥姥的注意力问她些风马牛不相及的事。

我和姥姥又在妈的家里见面了。姥姥一边愿意我来，一边又担心我驮着孩子受寒。晚上走时总是嘱我慢走慢走。姥姥说初二你大舅就回来了，初五给我做生日。我想让大舅回来，而大人们说，大舅舅妈身体也不好，又要带孙子，舅妈的父亲也患了肺癌，所以不到万不得已不会告诉他们，省得心理折磨。

我和姥姥在二舅家时，我已决定不去上班了。我给姥姥擦脸抹油，给姥姥喂水喂奶粉。我跪在床前，我靠在墙上，我守姥姥最近。姨喂姥姥时我一定趴在那里帮忙，哪怕有时帮不上，也要认真地看着姥姥一口一口咽下去。

我跟姥姥说，明早我大舅大舅妈从湖南回来了，您等啊。说完就后悔，好像我对姥姥失了信心却强迫她做一件事一样。那一天，姥姥状况很不好。

我对姥姥说，我大舅大舅妈回来了，就在您床头，您看看是不是真的啊。姥姥微睁开眼，从被子里伸出手去拉大舅。

我守着姥姥，我许诺她明年春天的事，我给她信心和力量。可是姥姥不认识我了。她能叫得上好多人的名字，只是忘了我。姨向姥姥问我来了没有，姥姥说，来了吧，可能在北边坐着吧。而我就在姥姥眼前心痛地望着她。不是心疼我，是心疼我亲爱的姥姥，疼了我一辈子的姥姥。

我守着姥姥，大舅二舅妈和姨都天天照顾着，家里来人多，都是前来探望的。姥姥有精神时就会让人家坐下，对人家大老远来看望表示感谢，问人家吃饭了没有。

我守着姥姥，她已经没有太大的力气，闭着眼。只是当喂她时，有液体从嘴角流出一点时她才抗议。只是当她要解手时她才有力气推被子要下床，我们拦着她，只轻轻，她就没有力气反抗了，把手重新放回被子。姥姥着急，叹气。

我守着姥姥，她已经不再睁眼，不再说话。喂下去的水要劝好半天才会咽下去。我守着姥姥，那一天妈和姨实在太累，晚上我盯着。也是和姥姥睡在一起，隔一会儿就给姥姥沏粉奶、葡萄糖，喂水。三点多那次站起来倒好了水，突然觉得恶心，想去院子里却走不出去，在外间屋就趴在方桌上不动了，那时真怕一起值夜的两位舅舅出来，怕他们询问我，因为我实在说不了一个字了。直到出了些汗才能动，我去院子里，在寒冷的空气里慢慢恢复。后来进屋喂姥姥，一切恢复正常。再下一个时段，二舅让我和大舅吃东西，一口面包下肚，恶心又来。走出去把面包放在桌上在院子里蹲了好久。又恢复正常。

第二天我睡了一天，上午睡不着，头疼。下午睡了一觉。我很高兴能有这样不舒服的经历，不是因为这天我的他推了所有的应酬顾家顾我顾孩子，而是因为，为姥姥受苦，我是那么满心欢喜。我总是问他，你说我中了煤气，姥姥呢，会不会她也像我一样不舒服而她说不出来呢？？

再一天，我打电话问了姥姥的情况，妈说还是老样子，只是喂时不知道咽了。当时我在班上，我说，我傍晚过去，晚上我还盯着，你和姨不能累垮了。

我匆匆忙忙工作，这些天落下得太多，不想耽搁了进度让大伙跟着着急。下午去接孩子，刚从单位走到广场，就接了妈的电话。噩耗在冷风里悄悄潜来，让人无语。

我那天上什么班，我为什么不去守着姥姥，我非要赶什么进度！因为这件事，我好悔我被借调，在原单位，这一天下午，我肯定守在姥姥身边！

我和姥姥再见时，已是阴阳两隔。手指摸过姥姥的脸，依旧那么滑软，姥姥的额头还有余温。我幼稚地问妈问舅，你们确定吗，我生怕他们一时糊涂做错了事。却握到姥姥冰凉的手，再也摸不到脉搏。

第二天还是去布幔后面看姥姥。脸也冰凉了。还是一脸的慈祥。那么好看。一个美丽的女子。

不怎么哭，出殡时坐在拖拉机上只是沉默。冬天的晴天，麦田树木。姥姥的坟和姥爷的并成一个。大红的棺材，姥姥喜欢的颜色。众人培土。坐车穿过307，回舅家。

下葬第二天是2011年的第一天，也是语儿的生日。姥姥去了，我们还在，我们要好好的。我和夫开车去采购了好多菜，打电话让父母来，让弟一家来，让妯娌一家来。虽然最后两个弟弟都有事未能前来，其他人在一起吃蛋糕聊天，语儿很快乐。

总是问我的他："你说，姥姥临去时，会不会很痛苦呢？她说不出来，心里会不会非常着急非常绝望呢？"他说："不是说姥姥走时很平静吗？原来她可能有些痛苦，后来她力气小了，意识也不太清楚，应该不痛苦吧。"

我愿意姥姥不痛苦。

姥姥走了，总有一句话在我脑边"一缕香魂飘散"。是啊，姥姥干净了一辈子，美丽了一辈子。就算在她最后的日子，她都是那么让人喜欢。双眼皮，尖下巴，顺滑的白发，绸子袄，碎花秋裤，干净的大花被子……

# 在马涛先生
## 画室里

那天下午，我们走进马涛先生的画室，先生正提笔把绿颜料一点一点地点洒在纸上，于是，那些树和山便有了苍翠绿意。画室里飘着淡淡的墨香，这样的气息使人觉得身心俱净，不由得让我们挺直脊背，仿佛从骨子里都雅致起来。

四面墙上大都是马先生的作品，有山水画，有毛笔字。堂中木板上铺着一幅巨大的宣纸，马先生把绿色点洒完，这幅《春日》就完成了。画右上角有朱熹的诗句："胜日寻芳泗水滨，无边光景一时新。等闲识得东风面，万紫千红总是春。"这首诗，在读小学时就已背诵，但今天，看到马先生用画笔表现出来的意境，别有一番味道。漫山摇红的花树，无孔不入的绿叶，使鲜活奔放的春意跃然纸上。画是有纵深感的，放眼望去，前面就是桃花源，只一步，人就在画中不知归路了。画作上更有狭长的木桥，从这边的岸上一直通到绿树掩映的深处去。桥上走着两个人，衣着新鲜却又面目朦胧。他们所从何来，将欲何处，是久居山林，还是千里寻隐，我们不得而知，唯见滚滚如潮的春色将人世烦恼淹没。

马先生的画作以山水见长。或烟云漫卷，或崇山凌厉，山石与树、雾相互烘托，挥洒自如，磅礴大气。自是胸中有丘壑，才能有如此的大手笔吧？望着这些山与水，俗人的小肚肠、小伎俩便无处遁形。自然造化，鬼斧神工，能如此自然地融进画里，还能容那些功名利禄累我形骸吗？

马先生邀我们品茶。一小杯一小杯地为我们斟上。茶，是好茶。因为初来，也因为陌生，我们便小心翼翼地啜饮。那茶香慢慢氤氲入肺，又从鼻孔轻逸出来，那香，若有若无，寻不着，也躲不去。马先生聊美术与文学的相通，举例子举到某名家的小品，如何层层铺垫制造矛盾，又如何压到极点突然爆发；讲某老画家退休后去北京发展，"这，是深州精神"；讲自己"才疏学浅"不能担任要职；讲那扇门板上出自北京画院永增大师之手的苍劲大字……隔窗望去，院墙外是黄河路上参天的白杨，一片片大叶子在微风里轻摆。听不到风声，却看得见风舞，一遍一遍催着树梢，时间，就这样被摆得妩媚生姿。

马先生为我们倒茶，为夫人倒茶，说："平时都是你为我倒茶，今天，我来为你。"这时候，马夫人的恬静笑容就只能用幸福来定义了。

墙上也挂着马夫人的字，她不好意思地说："是初学呢，写得不好。"

写得好与不好，我不敢评判，却永远记得我们刚进门时，他们隔着宽大的长桌子，她写字，他作画，画室里响着轻缓的音乐，飘着淡淡的茶香，窗外杨枝摇曳，室内墨香含情……他们，像举案齐眉的梁鸿与孟光，像赌书泼茶的李清照与赵明诚，不，谁都不像，他们只是平常夫妻，只是我们身边的马先生与马夫人。

# 年年岁岁花相似

王维说，"每逢佳节倍思亲"。在春节这个中国最隆重的节日里，我想念的那个人，跟我没有血缘关系，但是，她是包括我在内的好多人生命中一个重要的人。

初识刘姝伶老师，是在 2018 年 3 月，那时，她在位于 307 国道边的二院举办公益学堂，教小孩子们读《学庸论语》。教室里只有七八个孩子，由家长陪着，一句句跟刘老师读"大学之道，在明明德，在亲民，在止于至善……"我带着迪小侄去上课，见到了刘老师，她皮肤微黑，身体微瘦，说起话来不急不慌。她的语调，能让人感觉到那种细水长流的耐心。每天下午五点半下班后，刘老师骑车或开车来这里，义务带孩子们读半小时书，风雨无阻。

生之悦读经播种者景老师，2017 年下半年就跟我说起读经理念，我完全接受。景老师希望我能成为一名国学老师，因为当时有作协需要付诸心力和时间，也由于机缘未到，我没有答应。后来，景老师慧眼识珠找到刘老师，历尽艰辛终于把国学班办起来了。刘老师、景老师、正心学堂的耿老师，感动于她们三个大力宣传国学的无私精神，加之作协因政策原因注销，我终于在景老师的再度邀请下，成为和刘老师并肩作战的队友。

307 国道车流量大，交通不安全，又远离市区，经刘老师协调，学堂搬至市区，暂借睿童幼儿园的教室。自此，人如涌泉，不得不分班。2018 年 4 月，分为 4 个班。后来，合并为两个班，刘老师的小班致德班和我的大班致美班。她们在一楼，我们在三楼。

从周一到周五，每天傍晚，我下班后去上课，从一楼落地窗前经过，都会看到刘老师和大大小小的孩子、家长们，利用上课前的几分钟行敬书礼、谈话。每次下课后，我从三楼台阶上下来，透过一楼敞开的门，经常能看到刘老师前面排了一条长队，那是小孩儿们在等着刘老师为他们在书上画苹果。小孩们仰着小脸，欢欢喜喜的，那颗代表奖励的红苹果会挨个儿落到他们的书页上。刘老师弯着腰，认真地画每一只红苹果，在那众星拱月的小天使中间，她像凌空而来的女神。

有时我正在上课，刘老师会悄然出现在教室里，看到孩子们那么认真地读书，她总会露出会心的微笑。她绕课桌转一圈，及时纠正孩子们指读错了的手指。走近我时跟我再对视一下，表示没有问题，要我继续，然后又悄然离开。她像一阵微飘过，有一丝暖，有一丝柔，又了无痕迹。

周一到周五，我和刘老师都会出现在学堂。有时是隔窗相望，我看得到她，她看不到我。有时只是目光相遇，几乎没有语言交流。但我们彼此心照不宣，都深深地喜欢着自己所做的事，喜欢着这群孩子。她还经常要为孩子们的教材、场地、读书规划忙碌，我心里感动，也觉得踏实。有她引路，我无所畏惧。她能舍得出时间与精力来爱这群孩子，我也要向她学习。

5月8日，我们的成人班也成立开读了，这又是刘老师的苦心。她经过努力，征得相关领导同意，借用师范进修学校的教室，为成人提供一个读经典的场地。从此，每周二到周四，孩子们读书结束后，利用二十分钟时间，我和刘老师从学堂赶赴师范，带成人班一起读一个小时的《论语》《朱子治家格言》。

即使只有三四个人，我们也会认真朗读，刘老师说，坚持读，就会有越来越多的人来参加。一千一万人来读书，就有一千一万个人受益，一千一万个家庭受益。来成人班的大多是四五十岁的女子，这些本是围着锅台转的家庭妇女，现在捧着书本大声朗读，是多么令人欣喜的事啊。2018年暑假，来读书的人加上了放假在家的小学生、中学生，教室里人满为患，座位不够，我们几个便站着读，但身处读书声中，心里的快乐不可言表。

受后来成为我们领读《内经知要》的张老师邀请，我和刘老师一起去植物园打太极拳。刘老师得到师傅们的夸奖，因为她认真，善于领悟其中的道理。打拳之前，有时我们会躲到冬青后面去背诵《大学》。打拳之后，回家路上，又一人一句地背诵《大学》，语速之快，语调之美，让人乐此不疲，不忍分手。有时候，晨曦妈妈会带她的两个小宝贝来植物园，我们便一起溜到别处，五个人一起在晨光里背书。我们跟着了魔一样，只要聚在一起，就想背国学。

我和晨曦妈妈到过刘老师家中一次，探讨学堂如何发展。我俩去时，刘老师早摆上了丰盛且好看的蔬果菜什，我们饮酒、聊天，说得不亦乐乎。还一起读书，把语音发到读书群里，我们的声音都透着喜悦。饭间，刘老师和爱人通视频电话。她爱人就在本市工作，俩人每天都要通电话，夫妻恩爱可见一斑。

2018年六一儿童节，在幼儿园院里，全体师生举办了个小小的活动。为孩子们颁奖之后，刘老师还为我们三个老师颁了奖，奖给我的是"最勤奋教师奖"。这是我始料不及的，手捧奖状，觉得这是前所未有的珍贵。所有盖大红公章的奖状加起来，不及刘老师手写的这张更让我心潮澎湃。可是，最应该得到奖励的，是最操心、最无私、最无畏的刘姝伶老师啊，没有她，这群孩子现在也许还在玩手机、哪里能背诵全篇《大学》《中庸》！也许还不知道"天对地，雨对风，大陆对长空"！没有刘老师，我们这几位老师，如何深深地爱上国学并有机会为这群孩子播下经典的种子、培养良好的学习习惯！

为迎七一、迎国庆，学堂的老师孩子们在两馆一院、锦绣广场举行了大型读书活动，也是刘老师精心筹划、费心组织。成人班一章一章教读完了全部《论语》之后，从八月起，开始从《学而第一》到《尧曰第二十》齐读全部《论语》，一遍又一遍，人们兴致盎然，以此为乐。不论酷暑严寒，只要有时间，都能前来共读。

在幼儿园，夏天天气闷热，我们就打开人家的大空调，虽然每天只是半个小时，但是一天一天加起来，就是不少的电量。我们国学堂是在幼儿园放学后才开始上课的，幼儿园还要派专人等我们放学后再锁门。虽然我们一再嘱咐卫生和纪律，但也难免偶尔有小孩儿忘了冲厕所、把垃圾丢在教室，而我们大人又没有发现……给幼儿园造成的诸多经济损失、带来的麻烦，都让我们心里过意不去，刘老师说："我再想办法。"可是找到免费且有利于家长接送的场地谈何容易！

刘老师说："找不到的话，咱们就在这里！我跟幼儿园说。"她所谓的"说"，就是恳求人家，或是强硬地不走。她那么坚决、果敢、无所顾忌，我想，支撑她的一定是这群可亲可爱的孩子们，为她自己她断不是这个样子的。

成人班在师范，也遭遇了委婉劝退的困境。刘老师说："我跟领导说说。"我们都不知道她是怎么"说"的，她不跟我们提。然后，大门依旧为我们敞开。

从前不能片刻安坐的孩子，经过一段时间的学堂学习，已经可以安静地坐下来读书了。有的孩子，初来时因为不识字，手指根本指不对文字，十个月时间，已经能熟练背诵《大学》《中庸》和部分《论语》了。有的家长反映，从前孩子的成绩不理想，坚持来学堂读书后，不仅语文连数学成绩也提高了。有的家长说，从前自己不爱读书，现在跟着孩子读，真的感觉很快乐。有的说，因为在家把时间用在孩子身上，不再因为电视、手机和家人争了，家人也受他们读书影响，主动营造安静环境，氛围更温馨和睦了……

我呢，从前认得只言片语的经典句子，现在得知了它的出处，并得以全观经典的全貌。虽然自幼喜欢国学，但直到2018年，因为教读《学庸论语》才真正走进了国学，如鲸向海，一发不可收拾。除了《学庸论语》，我又读《道德经》《孟子》《内经知要》《庄子》《孝经》《弟子规》《三字经》《千字文》……读书的快乐，在于怡然于抑扬顿挫的气韵，在于突然明了于心的开悟，在于思考每句话不同时空的深意，在于知道自己心胸的狭隘而终于可以借此站得更高，在于可以凭此上溯五千年与古人于青山绿水间徐行、以慈悲之心望向历史狼烟，在于得知隐逝千年的贤者竟于我心有戚戚焉，在于尺璧非宝寸阴是竞的劝省后获得了无边的充实感……

而所有这一切，和一切我不能表述的其他美好的东西，皆来自敬爱的刘姝伶老师。

承蒙她恩泽的岂止是一个人、一个孩子，分明是一个家庭、一座小城、一个社会。

夏天的时候，在植物园，刘老师举着手机，为我录了全篇《大学》视频，因为形象太差，我要求以后有时间重录，她答应了。

刘老师跟我商量，《论语》读够一百遍，接下来读什么。我说读《易经》或《黄帝内经》吧，反正，一本一本，咱们得往下读，中华文化太博大精深了。她说，到时候，你还领读吧，像领读《论语》那样。

但是，这些事情还在等待实现的时候，刘老师病了。她跟我说暂时不去成人班了，读不了书。她的小班由家长代课。我带着大班，带着成人班，一天天读书，想，过几天刘老师就来了，她一来，主心骨就来了。

再听到消息，刘老师去石家庄看病了。元旦那天，很晴朗，我在微信里跟她说："新年快乐！晴天真好。"她后来回我："虽然只能看到窗外的天空，内心依然充实而快乐。"当时很震惊，怎么只能看到窗外的天空？心里怕，又不敢问，跟她说："心有诗书和大爱，会很快好起来的！盼归！"

然后，刘老师去天津了，回家了，在市医院重症监护室了……

晨曦妈妈和我商量组织义捐，我们几位老师完全愿意，可是家长们呢？刘老师做的是公益，现在我们又来募捐，会影响她的声誉吗？我们的举动会不会亵渎了一颗水晶般的心？

小心翼翼把刘老师生病的消息说出去，家长们反应热烈，纷纷献爱心。连我们致美班这些没有跟刘老师读过书的家长们都一份心意一份心意地要我转达。成人班，有的根本没有见过刘老师，但都知道是她推动了我们成人读经典活动，也都表达着自己的心意。晨曦妈妈和我的手机都在不断地接收，着实令人感动。

我和晨曦妈妈等人准备带着大家的心意去看望刘老师，谁料当天凌晨，微信群里景老师发来刘老师爱人的信息，他说，她走了，走得很安静……

脑子有一刻是空白的。

爬起来，早饭顾不得吃，写下了一则通知：

刘姝伶老师走了。

如果没有刘老师，就没有我们朗朗的读书声，我们可能每天傍晚还在用手机打发掉这珍贵的一小时。

我们的班级是刘老师为我们组建的，我们的教室是刘老师为我们争取到的，我们聚在一起读书的机会，是刘老师为我们创造的……她不要名，不要利，她默默地为我们做着这一切。

得知刘老师患病消息后，家长们踊跃捐款献爱心，甚至有的家长，根本没有见过刘老师，但他们知道孩子能来读经典，是刘老师发起的，没有刘老师，就没有这个可亲可爱的学堂，因此，他们非常主动地献出了自己的爱心。我们成人读书会也在不断表达自己的爱心，尽管很多人和刘老师谋面甚少。在此，我和晨曦妈妈、景老师代表刘老师及家属向您表示衷心的感谢！

今天我和晨曦妈妈准备去村里吊唁，送刘姝伶老师最后一程。没有时间不必刻意，让孩子、让自己把书读好，把诵读经典的理念宣传出去，就是对刘老师最深的怀念！

愿刘姝伶老师一路走好！

通知发到班里，发到读书群里，然后，和晨曦妈妈、优优爸爸、孟老师等人奔赴刘老师将要长眠的村庄。有的家长坚持一同前往，有的家长还在不断发来他们的心意。

拥挤的小院里，人头攒动，都在为一个鲜活生命的过早凋谢而惋惜、痛惜。那天上午，脑子也是空白的，知道刘老师不在了，很多事，来不及想，也不想去想。

周一上课，我问致美班的孩子，能来读《大学》《中庸》《论语》，我们要感谢谁呢？孩子们异口同声地回答："刘老师——"多么欣慰，孩子们知道他们的福分来自哪里！我说刘老师走了，咱们都站起来，为刘老师默哀，都要严肃。

孩子们，家长们，一动不动低头静默。没有一点儿动静，世界空了，万物静止了。我在心里说，刘老师，看吧，这些家长孩子都送您呢，到那边好好歇歇吧。

礼毕之后，我请大家坐下。因为之前根本没有告诉他们会有这个小仪式，而所有人，包括六岁的小孩子都如此安静如此庄重地跟随我的口令完成了这看似形式却一定会在他们心里留痕的仪式。刘老师，这是您的福啊！

经典的魅力，在于它历经千年依然熠熠发光，依然具有指导借鉴意义。小孩读经典的重要性学堂老师在家长会上也一再重申，小孩子的记忆力是惊人的，年幼时读经典，事半功倍，福泽一生。而这群有福的孩子，是托了刘老师您的福啊！

我们还在上课，只是再也没有刘老师的身影；每天从学堂去师范，再也没有刘老师和我同行；微信群里，再也没她悦耳的读书声。可是，我还是觉得她在讲台上抑扬顿挫地领读"人一能之，己百之；人十能之，己千之"，在五月的青枝绿草间打太极拳，在落地窗下给小朋友们画苹果，在家里盘腿坐在小桌前为孩子录读书语音，在成人班上和我向后坐着一起高声朗读"器具质而洁，瓦缶胜金玉"……

四十多年的韶华戛然而止，怎不令人唏嘘。年年岁岁花相似，但已不是从前那朵，从前那朵，已随伊人凋落。而她的无私博爱，她的美丽大方，定会常留人们心中。

又是一年春风暖，人们都在彼此祝福春节，我仰头，对天堂里的刘老师说："您是一朵云，带来了美丽温柔；您是一束光，照亮了无数家庭久蛰的灵魂；您是一座灯塔，指给我们幸福的方向。春天来了，您读书时的粉衣裳，多美呀！"

第三辑

静静昨日

# 摘棉花

棉花田里的棉花开了。

造词的人，把整棵植物都称作"棉花"，犯了两个错误：第一，它本是一种灌木状的农作物，怎么能叫花呢？第二，这三四瓣洁白的花朵状的所谓"棉花"，根本不是花，而是种子的纤维。棉花真正的花朵是浅黄色的，小杯子状。这浅黄的小杯子会慢慢变成粉红深红的小杯子，然后凋谢，取而代之的是鸡蛋状的小青桃子。

所说的"棉花"就住在这小青桃子里。时辰到了，小青桃子就咧开嘴儿，在阳光下越咧越大，直到里面的"棉花"完全袒露在天地间。小小的棉籽在"棉花"（纤维）深处稳稳地藏着，不仔细去捏，还以为它不在呢。

棉花晒在夏末秋初的阳光里，白白的，软软的，肉肉的。满地里棉花开时，我和妹妹就跟着妈妈下地了。

我们把一块四四方方的布抖开，围在肚子上，从腰后把两个角系紧，然后，把垂下去的两个角折提起来，在腰后松松地系上。这样，一个敞口儿的包袱就拴在身上了。

肉嘟嘟的白棉花被阳光晒得暖暖的，软软的，张着手指伸向它，触摸到后，稍稍把手指合拢，向外一提，一大团棉花就摘下来了。棉花的铃壳空了，壳壁透明透亮，空空地晒在太阳下，像一朵朵描了黑边的黄花儿。

一大朵棉花抓在手里，舒服得很，撑开包袱外面的一层，棉花马上就跳进去了。一朵一朵摘下去，走进半截地，向前看，一片雪白，千树万树梨花开，向后看，黄花稀疏，棉花棵子清清爽爽，仿佛微风更多一些。

劳动之余抬头看天，天空中有时会飘着洁白的云朵。那些云朵就像是飞到天空去的棉花，也白白的，软软的，肉肉的。

我们走在两行棉花的中间，左摘一棵，右摘一棵，身子一会儿向左，一会儿向右。棉花开在向四方伸展的枝子上，有的近，有的远，有的高，有的低。人就要弯腰，深深浅浅；伸臂，长长短短。有时发现身后遗漏了一朵，还要反转身子去摘。棉花包袱重了，身子笨了，每一个动作都沉沉稳稳的。

棉花一朵一朵增加，包袱像肚子前面的重型坦克，顶开挡在前面的棉花枝子，为我们开路。棉花包袱越来越重，重得有点迈不动步子了，我们就找一块相对宽敞的平地，把包袱里的棉花一大把一大把地掏出来，装进事先准备好的塑料编织袋子里。

卸完重载后，顿感万分轻松，腰也直了，肚子也不那么热了，然后，继续从离开的地方，一朵一朵摘棉花，一棵一棵向前走。

有时遇上阴天，妈妈带着我们去"抢棉花"。棉花一沾雨水，即使再晒干，棉质也会受影响。所以，我们就加快了速度，而且只拣开得最大朵、最好的棉花摘。在雨点落下来之前，收不进来的棉花，就只能是带泪梨花，惹人可怜了——它们就卖不出好价钱了。邻地的人也一样的匆匆，再也不和妈妈一边摘棉花一边喊着聊家常了。平时摘棉花，仔仔细细，慢慢悠悠，现在摘棉花零零落落，匆匆忙忙，真像是电影里的快慢镜头，节奏悬殊，其乐无穷。

每次下地摘棉花，一开始都是美美地，玩耍一样。到后来，地头还远，白棉花还多，人也累了，心里就不认为这是美差了，不住地看太阳，希望它快点落下去，我们就能回家了。

棉花开放的秋季，往往赶上城里的庙会。妈妈就鼓励我们快摘，摘完就能去赶庙了。看着地头公路上来来往往欢天喜地的人，心里想着庙会的五颜六色，看着一地的白花花的棉花，心里就怪父亲种的地太多了。但是，我们要指望这棉花卖钱，这样才能去庙会上买好看的头花、发卡。棉花还可以加工成棉絮，妈妈用它来给我们缝被子，做棉衣，软软的，暖暖的。

棉花未开时的青桃子我们叫它"棉桃"，摘空了棉花的棉桃壳子，我们叫它"棉花碗儿"。当满地棉花碗儿密密麻麻时，摘棉花的季节就要过去了。

晴朗的秋天，辽阔蓝空下，村庄安静，我和妈妈、妹妹站在村外大地上，在花海之间慢慢移动，融进了农村无比深沉的美丽里。

# 蒸屉

大约十年前，我和爱人抱着小儿子去老街博陵路，请人为我们的新锅做了三个蒸屉，其中只有最上层那个有锅盖托儿，用得最多。后来，绑横竖竹条的绳子断过两次，爱人找来绳子重新捆结实，又用了很长时间。最近，不仅底部的横竖条松散，连蒸屉上沿的环形竹条也断裂了。

于是又想起老街上那一间狭窄、昏暗、拥挤的笼箩门市。十年了，那旧房子里，可曾还居住着那位手艺人？他是否还在一下一下地、慢慢"编织"一件件厨房用品？

开车慢慢走近那个街口，变速自行车店、眼镜店、超市……我不禁心里失笑，哪个古老手艺的门市还能存在十年等我来新编一个蒸屉？现代化的生活，还有谁肯固守在一间小门脸里用粗糙的大手制造器物？

车很慢，却还是在走过之后，"笼箩"二字惹我回了头。

狭窄的店面，门口躺椅上坐着一位皮肤白皙的微胖妇人，穿着白底蓝花半袖衫，她悠闲地坐着，稍歪着身子跟从屋里走出来的一位中年人说话。那位中年人答应着，然后问我的来意。

我从袋子里取出旧蒸屉，并说出这是十年前在这里做的，我早已不认得店主，之所以这么肯定地说，是因为这一带，做笼箩的仅此一家。

中年人说："您稍等一下吧。"看来这中年人不是我要找的手艺人，他转身跟躺椅上的妇人说："那我回去了。"便下了台阶，妇人又叫他，叮嘱了几句。

站在国槐树下等，和妇人说炎热的天气。夏天的傍晚也不觉得清凉，树叶密密绿绿的一团，连偶尔走过的风都显得有气无力。没一会儿，一位灰白头发的老人骑自行车而来，把车子停在门口，跟妇人说："我顺便给小李买了几个包子。"妇人说："人家小李买了饭了呢。"西邻门市部里走出一个皮肤黝黑的瘦男人，听到他们的话，笑说："是啊，我买了饭了，那不是吗？"

我也顺着这个人手指的方向望去，一辆三轮上放着一个装着褐色食品的塑料袋。灰白头发说："买那么多小菜？包子就是给你买的，别再凑合了。"

妇人笑眯眯地跟灰白头发说："人家来修蒸屉了，你快给人家看看。她说用了十年，咱这蒸屉就是结实，一天三顿饭，顿顿饭都用它啊。"

原来这灰白头发的老人就是十年前的师傅，我当时并不注意他的容貌，而他，当然更不记得抱孩子来的小夫妻。老师傅把蒸屉拿在手里慢慢转动，观看他当年制造的、我们一家用了十年的蒸屉。

"虽然喜欢，但它真的坏掉了，我想再比着它做一个新的。也要上面的锅盖托儿。"我说。

妇人说："你可别着急呀，现在天儿真热，不好做活儿。我老头爱喘。"

我说，不急。又问多少钱，记得十年前为了蒸馒头一块做了三个，一共是花了51元。师傅说："50一个。"

"嗯。"我说，"给咱做结实点就行。"

"放心吧，咱们是良心活儿。这个人一辈子实诚了。"妇人说。其实不用她说，我知道。

我付钱。妇人说："现在给也行，来取蒸屉时再给也行。"

"我现在给，到时你们可要知道我付过钱了啊。"这话一出口，我就后悔了，不该用不信任的态度对待这两位老人。

"放心吧，漫说五十，就是五百，我们也不能坑人呀。"

"是的是的，手艺人都实诚。"我忙说。

"做就做结实，做合适，让人家用着舒坦。一用用个十年八年，多好。"

前天和人聊天，说到现在的厂家生产产品，要控制产品质量，不是让它好到长久用下去，而是，控制到它几年就能坏掉。因为只有这样，才能换新，才能增加销售量。又听说某地铺设地下管道，管道的直径很小，直径小的管道容易堵，堵了，才可以再施工。这样的事情，我不知道是笑话还是事实，但我无论如何也不能跟老人讲，因为，那是他们的天方夜谭。

"现在的东西，能用得久的太少了。"我用一种很多人常用的语气说。

"也不是呀，某空调，用上十年二十年，根本不用换。某热水器，能用上五十多年呢！啥毛病也不出。"

我迅速被师傅的话感动，怎么在他眼里，也有这么多现代化的家电，怎么全是有良心的产品呢！

满屋层层叠叠的圆的方的竹制品、半成品一直摞到天花板上去，屋里没有亮如白昼的灯，没有宽大的落地玻璃窗，来自不同地方的竹子被打造成不同的形状，在这间小屋里，静默如经年老物。

师傅说："从运料来，到做成，哪有什么利润。现在工钱太贵了，我怎么要？我能要吗？这只是一个家常做饭的小物件啊。来我这里做的，如果是实心实意，实心实意喜欢咱这手艺，我就给做；如果嫌贵，我就把他支到超市：那里有的是不锈钢的，又好看又便宜。人家机械化生产，又标准又快，价还便宜。唉，我做这个，慢呀。不是没有别的活法，干了这么多年，我喜欢和这些竹条木条打交道。做这活儿呀，全凭手和感觉，再不听使唤的竹子、木头，到了我手，也得乖乖服软，按照我的意思——不，按照你的意思去办。"

妇人抬起头看着老师傅，温和地说："你呀，别光讲了，耽误人家的时间。现在的年轻人时间多宝贵呀。"又对我笑，"他这个人呀，可爱叨叨了，说起来就没完。"

我说："我没事呢。爱听你们这样说话。你们和刚才那人是一家子吧？"

"对，那是我家小子。"

"一看就知道是和睦家庭，你们彼此说话的语气，不着急不着慌，有商有量的，真好。"

妇人用一块细毛线手绢扇风，说："穷是穷点，但真的不吵不闹，安安稳稳的。"

"这是最好的。"

离开了那间小小的笼箩门店，我很庆幸没有为一只蒸屉去宽敞明亮的超市，否则，我断不会遇到竹板竹条的小房间，断不会想到手工制造的烦琐与美丽，断不会听到喧嚣世界里清凉的声音，断不会看到这样平凡安闲的一家人，断不会因为这样的遇到而深深感动。

有些岁月，就在古老的蒸屉里，历久弥新，历久弥香。我相信，从此之后，这个蒸屉蒸出的每一餐饭，都有这家笼箩店人温厚的气息。

# 从前的寒假

20世纪70年代，生在农村的孩子，麦假要去田里帮着大人收麦，秋假要帮着收玉米，所以，只有寒假，才是我们这些小孩子最喜欢的假期。

一般是腊月二十四五放假，崭新的《寒假生活》发下来，墨香尚在，写上名字，扔到一边，什么作业不作业的，快过年啦，玩去呀。

躲进棒子秸里捉迷藏，扔坷垃土打仗，或者跟着孩子王去各家串悠，在村街口冲着天空飞过的飞机大喊"飞机飞机你下来，下头有你大伯""飞机飞机嗡嗡，下头有你公公"。在十字街看爆米花，虽然"嘭"的一声很吓人，但是为了那偶尔能溅到脚下的两颗玉米爆花也就忍了。就算是看着别的小孩啃干粮也能认真地看上好一会儿。小孩们的游戏极为随机，有无穷乐趣。

天黑了，各家的大人开始喊孩子回家吃饭。有的小孩儿会提醒同伴："听，你娘叫你呢！"于是同伴儿装作刚听到的样子，恋恋不舍地离开了。其他的小孩儿照样玩，除非听到自己的娘来喊。小孩子的数量陆续减少，剩下三个，还得玩，剩下两个，没意思了，各回各家。

如果村里来了杂耍艺人，那可是天大的喜事，空闲地上打开了场子，别说小孩，连大人们都抽空赶来看。

院子被大人们打扫得干干净净，柴火垛下的地面也要用扫帚尖扫净——柴火仿佛是新堆上去的。猪圈、鸡窝、羊棚都得清理一遍。"扫屋子"更是一件大活儿，屋里大大小小能动的物件都被搬到院子里，大人们戴着报纸折的帽子把屋顶的灰、橱顶的土都扫下来。蜘蛛在逃跑，老鼠洞被发现，也指不定在哪里发现了一卷纸币、一条毛巾，大人们就会非常高兴，像捡到了宝贝、得了便宜一样。

冬天不用去地里，但也少不了帮大人烧火。因为要蒸馒头、炸花鸡、蒸年糕、炸豆腐泡、炖肉……这是后来条件好了，再早，没有肉，也没有馒头，是玉米面的饼子，高粱面的饺子。

大年三十晚上，再节约的人家也要把各屋的灯点亮，走到哪里都是亮堂堂的，让人欢喜。

大年初一要早起，天冷啊，全家的取暖设备就是外屋的一个小炉子。反正村里人来拜年没有小孩子什么事，冒着冷起床的意义，全在于这天早上可以穿新衣。

新棉袄，碎花的；新棉裤，深蓝的；新外衣，红格子的；新裤子，天蓝的；新鞋子，红条绒的。被自己一身喜气照耀着，心里甜啊。

瓜子花生摆上盘，村里拜年的人们陆续来了，笑哈哈说些吉祥话儿，等他们一走，那些好吃的糖呀果呀，就是小孩们的了，装两兜子，又跑出去找小伙伴玩去啦。

晚上也一样，穿着新衣出去，到这家叫上这个，再一起去那家叫上那个。或者人还在家里呢，好几个高高矮矮的伙伴就带着寒气拥进门来了。小姑娘们都穿得红红绿绿的，有辫子的多系个彩色头绳，没辫子的别个彩色发卡，各种颜色都在过年的仪式里全盘呈现。

有一天去小伙伴家，看到她姐姐把一方头巾折成三角形，包在头上。红头巾上有金线闪着细碎流动的光——真好看呀，我们的头巾只是红，她的竟然有金丝，太漂亮了！

我们到路灯下玩扑克。怕新衣弄脏了，就垫一把干草。打扑克打到鼻尖冻得生疼，大人喊好几次，才各自回家。

或者在路灯下玩"起名字"的游戏。小孩们分成两边，对面蹲着，一边派出一个领队，给本帮的人都取一个名字，耳语告诉本人。然后两个领队交换位置，从后面蒙住对方阵营里蹲着的人的眼睛，大喊出一个名字，本帮被叫到这个名字的人就走到被蒙眼人面前，冲出他的脑袋弹一个"疙蹦"，然后回到原位，这时所有人都笑眯眯一起鼓掌。于是领队松开手，刚才被蒙眼的人，要在对方一排人里，挑出是哪个弹了自己。因为名字是假的，所以也得用点心思。猜不对还要继续蒙上眼睛挨栗暴。

我最爱当领队啦，因为这样就可以给他们起各种各样的名字。有时会起"翠玉""杏红"这类花枝招展的，有时会起"烂木头""臭坑子"这类俗不可耐的。别出心裁的名字从我嘴里传到小伙伴耳朵里，银铃乍响，咯咯不绝。那时候，给小伙伴起什么名字，他们就乐于叫什么名字，一个个水晶一样纯真。

路灯在平时是不亮的，只有过年，村里才给路灯通上电，把主要的大街照亮。我们自然很珍惜，觉得在路灯下玩感觉可好了，能在夜里看清远处的人、房子和麦秸垛。

如果下了雪，村子里就更好玩了。用脚印踩出拖拉机履带的痕迹，看谁踩得更像；轻轻掰起一大块冻结的冰雪砸在砖墙上，看谁砸出的花多；手攥雪蛋，看谁的圆，谁的多；吃雪也是小孩的爱好，总想吃出白糖的甜味，在味觉里苦苦寻找甜滋味也是极为专注的；打雪仗打得太激烈了，会被大人骂，衣服湿了不好干，哪有更多的棉袄来换？

"吃了饺子长一岁。"小孩们还愿意在过年的时候"比岁数"，"我八岁了，你才七岁吧？""你生日再大，也得给我叫姑。"小时候就是盼着长大，觉得大人好。

年后邻村会搭高台唱大戏，唱河北梆子，小孩们撒着欢跑去看。戏大部分是看不懂的，但偶尔也会明白一点：富贵人家落魄了，中秋节出去讨饭，讨月饼，人家说没有，讨饭的人就说"给碗肉汤也好啊"。那时候不知道"何不食肉糜"这典故，只觉得那讨饭的根本不饿。

唱戏的人在台上唱，台下的大人们听，小孩儿却守着卖杂货的自行车。自行车车把上悬挂着五颜六色的小玩具，车后座有一块方形木板，摊摆着各式各样的姜糖、糖豆、玻璃球、头花……买不起，围着看看也解馋呀。

放映队来了，大银幕往墙上一挂，下面早有一千个声音在说话，在喊，在笑，在闹了。灯光一打，小孩们就把手伸向天空，这样，空白银幕上就能显出他的手影来。摆一摆，如果看到了自己的手影，那兴奋劲儿就好像他已经登上舞台中间。看电影半途就困了的小孩儿有的是，但是醒来接着看，不散场是绝不可能回家的。这个位置，可是他早早就躺在地上占来的。

池塘里结了厚厚的冰。柳条筐边拴上绳子，一个小孩坐进筐里，另一个拉绳子；或者蹲进铁锹头，让人推铁锹把；或者干脆蹲在一块砖上，另一个只需推动他的双肩，就可以享受冰上滑行了。如果连块砖头也找不到，那也无妨，跑上几步，双脚横向站定，借着惯性，人就可以滑出去好远。

跌倒的有的是，反正穿着圆滚滚的棉衣棉裤，摔不疼。冰面干净，不用担心弄脏了新衣服。但是手会冻呀，好多人的手背都红肿结痂溃烂，没关系，玩吧，天一暖和就好了啦！脸蛋生了冻疮的也有，但是，不会有人笑话。

我们把手和脸暴露给大冬天，暴露给新来的一年，这是我们的冬天，我们的新年啊。

大人们有的开始做针线活，有的开始往地里拉粪。我们却还沉浸在过年的快乐里，因为新衣服还新着呢！

作业以后再写嘛，有的是时间。直到，后天要开学了，才不得不噘着嘴拿出笔、本，突击。

开学前一天的晚上，如果夜空里的月亮能穿透每个小学生的屋顶，它会看到村里百分之九十的小孩在伏案疾书，有的鼻涕滴在本子上，有的铅笔都磨没了还在写，有的被煤炉的烟呛得直咳嗽，有的边哭边写，有的从瞌睡中猛然惊醒继续写……

在那时候的农村，提前完成作业或是能均匀地把作业分布在整个假期的人太少了，大人们顾不上管，小孩们一个看一个。

完不成作业的，开学肯定会挨老师的批，还要挨罚。接下来的日子好长一段时间要用来"补作业"。但是来年寒假，完不成作业的恐慌照旧会被过年的快乐完全掩盖，小孩儿们每天还是玩啊玩，作业留到开学前才能想起来。

一个一个寒假过去，小孩子们长大了。

# 永昌街

　　小儿子学校的教学楼正在加固，举校西迁至永安大街上的镇小。这样，从家到学校就增加了近一倍的路程，长长的上学放学路，因为有了街与街的递转，不但不枯燥，反而意趣盎然，其乐无穷。

　　躲开繁华路段，尽可以在泰山西路右转到永昌街，再由永昌街左转而出，驶入博陵路。短短的一段永昌街，是最安静也最美的一段。

　　博陵路南边，路东，原来是供销社，小时候我跟大人来这里称过大盐。水泥柜台很高，根本看不到里面去。现在，门脸早换过了多少次了，其中有间油坊，榨花生油。一进巷子，糊花生的香味就飘过来，人不由得吸紧了鼻子。西边，还有一栋旧房，年代久远的砖支起墙来，上面出现了木质结构，木头很糟了，但黑漆还隐约可见。野草在瓦檐上肆意生长，长得老高，迎着朝阳夕露。草的摇曳，加重了时光的味道。这所老房子，后来据木子姐说，是20世纪60年代的老电影院。

　　老房子再往南有一架丝瓜，丝瓜长得很旺，从架上又爬到屋顶。碧绿的丝瓜一条条垂下来，映着绿叶的幕布，画一样。小门小窗在绿幕后面睁着眼，静静地看着这条街。

我很小的时候，家里种了韭菜茄子，母亲会趁着大集拉着小木车到这条街上卖。有一次车上掉下一个茄子，母亲正给顾客称菜，没有看到。这时有一个和我同龄的小女孩从路西门洞里出来，看到茄子，捡起来，把茄子把儿叼在嘴里，一跳一跳地往院子里走去。我当时只看她的麻花辫，看她白净的脸，看她那只有城里小姑娘才有的气质，她捡了我家的茄子，我却没有出声——我是被她的气势压到了，我只是农村来的小丑姑娘，哪里配跟人家小公主说话呢！

往南走，路东的房子虽然不是从前的了，我却记得高中时和前儿一起来这里买馒头。主人把盖馒头的白棉被从长长笆箩上掀开，白胖胖、热腾腾的馒头带着香气扑鼻而入，那时候，口水经常会分泌很多。

对面西边，原来是"大华纸店"，里面有各种各样的纸，琳琅满目，堆得热热闹闹。现在，旧房子额上还刻有那几个字，但它已经在经营盆盆罐罐了。房子外围着透明丝网，圈住了大大小小高高低低的圆口器皿。盆呀，罐呀，坛子呀，花盆呀，砂锅呀，摆着，摆着。时有人开车而来，敲击着，那声音很好听。这些坛坛罐罐在露天里，不怕旧，也不怕淋，犹如一去不返的旧时光，就旧在那里，喜欢的人，自会拾了来。

围栏最北头还栽着一棵柿子树。刚送孩子走上这条街时，柿子还绿着。现在它们已经开始变黄，很快就要红成灯笼照亮永昌街了。邱籽说，柿子是绿石头，人就像这些柿子，经过时间，由坚硬变得柔软，忘记了曾经那些伤害。是啊，在秋风里，柿子由绿变红，由硬变软，由青涩变成熟。正像一个人的坚持，会在慢慢流淌的时间里忘却不愉快，只剩下甜甜的美。

往南，路西，一中家属院。院里面是一幢楼，三层高，隔墙望去，楼的侧面被爬山虎密密遮盖，只露出一到三楼的三扇窗子——一定是里面的人改变了爬山虎的走向，不然，爬山虎再通人性，也断不会绕窗而过，它还想爬进房间看看那家人的祖孙之乐呢！一面绿墙，几乎找不到红砖的影子，绿绿的，密密的，蒙着清凉的面纱，矗立在永昌街东。门口两边的墙上，爬了两墙丝瓜秧，绿叶铺陈，黄花灿灿。早晨去时，大朵的黄花绽开在风里，轻轻摇晃；傍晚放学，黄花收敛，蜷成五角星，默默闪光。风吹来，满墙绿波荡漾，粉墙也几乎摇曳起来。门口还有哪家结婚时还未摘下的两盏红灯笼，一左一右悬在门口，那种红，是透明透亮的中国红，喜庆红，整条巷子都因为它俩而温馨起来。门口北，还有一棵大杨树，它是扭着身子向上长出去的。看树干的纹路，会推测出当时它曾做怎样的挣扎。挣扎地向天空而去，现在，树干粗壮，繁叶满树，它的扭曲倒成了很壮美的一景。

永昌街西侧栽的是国槐，这已不是从前的树了。从前骑车走过永昌街，我记得是两行泡桐。那时上高三，学校住不下，我和前儿便在博陵路的镇政府找了一间屋子住下，天天要经过这条街。记得一年冬天特冷，围着的大毛围巾被风吹散，手却不肯从手套里出来把它撩到脖子后面。那时的暮春初夏当然是最美的，一路骑车而来，树叶间漏下的阳光洒在身上，那时，正走在桐香满街的青春里，却浑然不知。再早的时候，这路西有两间对永昌街的屋子，是一中的录像室。我还上小学，曾跟着大姑家的哥哥来看录像。哥骑车带着我，在颠簸不平的乡间土路上飞驰，有好几次都差点被甩下去。到了这里，每人付两毛钱，就能进去看。记得当时看的是《陈真》，随进随看，根本看不到开头。屋子里搭着长木板，我们坐在黑压压的屋子里，满屋只有电视那里有光亮。录像是黑白的，内容早忘了。但是跟哥从村里跑到城里看录像，是一件很开心的事。

再往南，路面豁然开朗，因为从这里开始路面骤然加宽了。原来路东是"大德昌"的原址。大德昌是清末时本地财阀开办的银号，现在成为省级重点文物保护单位。它的门朝南开，面向宽敞干净的新修的永昌街。从外面能望到大德昌钱庄青色的檐角，上学时也没有注意过这里还有这样一处所在，不然，肯定会去走上一走。

路宽了，四下敞亮。从此处开始到泰山路，便是全市闻名的一中了。90年代初，我上学时的教学楼早已夷为平地变成新操场了。透过路西铁栅的门，能看到里面的假山、绿树、教学楼，路东可以望到篮球架和宿舍楼。永昌街上方，有一架天桥，把两个校区连接起来，经常看到学生们打天桥而过。他们衣着干净新鲜，头发黑亮，一张张少年的脸在阳光里闪着活力的光。我的高中时代就在这里度过，那时并没有天桥，从西边上完课吃完饭，要从西边大门里出来穿过永昌街走到东边大门去，我们低矮的宿舍掩映在泡桐树下。

西大门有时会有摆摊的，卖贺卡，卖旧书。每年我都会买贺卡，寄给并不远的同学。也会买旧书。记得那时最爱买的是《诗刊》，十六开的旧书，每期只要两毛钱。我却每次只买一两期——都是过期的。看到痴迷。

东边大门口就比较热闹了，门口北是小摊，卖笔本小刀橡皮，也卖方便面。那时的方便面只有一个牌子：好食。绿色的袋子，五毛钱一袋。吃方便面是一件极奢侈的事，买一袋，冲好大一茶缸水。就算有时别人买了约我去吃，也不好意思吃人家的面，只喝汤。

这个小摊前总是站着忙忙碌碌的兄妹俩，都不瘦。现在还能在街上看到他俩，格外亲切，却从不相认——人家也不会认我啊。大门南边是一个售货亭，里面坐着一位中年妇女，总是笑盈盈慢吞吞地问："要点什么呀？"我和斯如经常逃晚自习的课，然后买上一些吃的，回宿舍大享饕餮盛宴。

那时，也常站在大门外。有两三个外校男女生偶尔会结伴来找我和斯如。站得远远的，刚能听到彼此说话。我有时间候围着浅粉的纱巾，纱巾褶皱在大风里落了不少的土，有时候会穿着肥大的大格裙子，短发总被吹得乱七八糟。那时门口也没有树，光秃秃一片，但青春的背景不必都是万树繁花。

现在的永昌街，路面与校舍都焕然一新。过去的大木板门早已不见踪影。因为是封闭式寄宿初中，门口更没一家百货摊。清清净净的街道，一边种着梧桐，一边栽着白蜡。九月底的梧桐树，树上的叶绿得喜人，树脚下的落叶却鹅黄得有些娇，不像凄凉的落叶，倒像是初开的花朵。

从前这条街还没有"永昌大街"的名字。我走在这条街上的时候，并不知道多年以后我还会驮着小儿子一一走过这里的每一寸土地。70年代的童年记忆，80年代的高中生涯，现在的幸福知足，都在这条永昌街上一一呈现。

我愿一遍遍走在这条街上，再一次看到童年，感受青春，千万次地向着来时的方向说：放心吧，我已走到现在的幸福。

# 青青国槐园

我们有一块地，决定种上国槐。国槐刚买来的时候，是一根一根的木棍子，没有一片叶。初春，风还刺骨，我们把沉甸甸的国槐棍子扛到坑边，有人扶着树使它站得正，其他人一锹一锹地向坑里填土。

我们上班，父母便成了这块地最主要的劳力。给国槐上肥，要把肥施在树根周围。父母弯腰，再弯腰，用铁锹把无数个小坑挖好，用手，一把一把将化肥分到每一棵槐树的四面，再一一填平，踩实。

父母在地里搭起了土埂，把地分割成一方一方的畦。最东边挖了一条垄沟。这块地的东北方向，三四百米之距，有一眼机井，父母从井里下了泵，接上水龙，水龙一节接一节，一直接到垄沟里，一合电闸，清凉的水就从井里顺着水龙一路蜿蜒而上，从垄沟里倾泻而出，顺着垄沟，依着田埂，汩汩地流进饥渴的土地里。

国槐脚下的土地"滋滋"地畅饮这来自地下的甘泉。父母穿着雨靴，握着铁锹，这儿高，就用铁锹铲几锹，把土垫到低处，不让哪儿多吃水，也不让哪儿少吃水。浇地也是有次序的，不能水龙里的水一来，就铺天盖地。浇哪一畦，就在哪一畦的埂上打开口子，浇满了，再去打开另一畦，把这一畦堵上。这一畦已经明晃晃映着天光把白沫子和枯叶晃来晃去了，那一畦才开始迎接千军万马奔来的水流，而另一畦，还在干巴巴望眼欲穿地等待。都别急，父母总是把每畦都浇透，最后还要来个"漫灌"，保证让所有的树全部饮饱喝足。

浇完了，父母就会去井边断电，然后把水龙里的水挤出去，一圈一圈把水龙盘起来，要盘好几大盘呢。水龙上沾了不少的草和泥，在整理它们时，父母的手也总是被草和泥糊住了手，弄脏了衣。

木棍子长出椭圆形的小绿叶，变成真正的槐树啦！一棵，两棵，三棵……父亲说："成活率百分之百！"母亲说："当初还真不相信这些木头棍子能长这么好呢！"国槐先是挑着几片叶，后来就开始抽枝，再后来，每棵树都顶着一大团绿了，在小村飘起一片氤氲绿云。

父母在树下种满了花生。一到夏末，空中是绿的，地下是绿的。蝴蝶、蜜蜂、各色小虫子都飞来啦，在国槐树下、花生秧上热热闹闹地舞着、叫着。阳光露进一点儿，这一点儿就是明亮亮的；阳光被高处的树叶挡住了，这一点儿就在阴影里了；风一吹，树叶一动，阳光一下有，一下无。那些土呀、花生呀、杂草呀、蝴蝶呀、蜜蜂呀、各色小虫子们呀，都笼在灯光变幻的舞台上了。它们这个小世界很令人着迷呢。

花生秧很旺，但在树荫之下，接受不了太多阳光，所以结不了多少花生，身为农人的父母当然是知道的，种花生真正的原因在于：种一地花生，就是占据了杂草的地盘，不让那些顽固的野草年年疯狂年年打籽年年偷着槐树的营养。至于花生长不长果子，都是次要的啦！

国槐长得足够大了，它的树冠一到夏天就撑起厚厚实实的大伞。那些娇滴滴的野草没有了阳光的眷顾，长得有气无力，在国槐这些庞然巨物前，它们的存在简直可以忽略不计了！这时候，花生也可以不种了。

国槐林的东边是一条土道，土道东边是一户人家的鸡舍。土道与鸡舍之间有五棵榆树，榆树长得很粗壮，春天会长好多榆钱儿，绿榆钱变白变干了，风一吹，满树榆钱儿就开始纷飞，像下大雪一样。这些雪片趁着东边的风落到我家的槐园里，也不知从哪天起，竟然生了根，长出了好多的小榆树苗。

我们把小榆树苗按一定距离剔除，在东墙边长起了一道小榆树篱笆。这些小榆树傍着铁丝网长得很茂盛，这棵和那棵已经搭上了手，完全是一道可用的篱笆了。而这之前的篱笆是父母用杨树杆子和铁丝网搭建的，把杨树杆依次砸进土里，再把好大一张铁丝网靠在上面，用绳或铁丝把杨树杆子和铁丝网绑结实。我们的国槐，在钢铁与植物组成的围墙内自由地生长着。起初还看得见那些生硬的铁丝，以为这里是多么戒备森严的领地，可是时间一长，那些植物的枝叶就把铁丝掩盖了。整个国槐园就是一个纯植物方阵了，好像从哪个地方都能用手扒开那些枝叶一脚踏进园中。

但国槐园是有门的，在最东北角。门是父亲用木棍绑的"柴门"，有半人高，右边挂着一把锁。怕那锁被雨淋锈了，就用一个方便面袋子把锁包住，一拧，锁一垂，正好压紧，雨是休想钻进来了。但是在四面都是农人的村子里，锁是形同虚设的。只要把柴门边的一个铁丝套扩开些，那锁就留在原地，而柴门却已经打开了。

发现国槐生虫子了，父母便用农用三马拉了大水罐，用高压喷雾器去打药，只有高压喷头才能打到高高的国槐树冠上。父亲举着喷枪仰头打药，不知有多少药液溅到了脸上。

国槐树成了小村的一处风景，一年四季变换着深深浅浅的颜色，展露着或瘦或肥的风采。每当村里人从这里走过，都会夸赞国槐长得好。

　　四年，这些国槐从一根根的木棍子，到高举起郁郁青青的绿帐篷，一枝一叶的生长，都记录了父母的健康、我们的快乐。

父亲兄弟四个，在 70 年代，他们共同喂养着一头骡子。骡子青黑色，高高大大，隔一阵子它都会出现在我家的牲口棚里。父亲给它筛草喂料，有时候夜深人静了，还听到父亲在牲口棚咳嗽，那是他半夜起来给骡子加料，因为第二天农活重。骡子被父亲、大伯、叔叔们轮流赶进庄稼地里，为一年的收入而忙碌。他们还驶着骡车装上麦子去换面、装上玉米去磨糁儿，甚至有时还要套上骡车为村里人家娶媳妇儿。

后来，我家有了自己的毛驴，灰背白肚，很可爱。它除了下地干活，平时就拴在西屋里。年幼的我按照大人的要求给驴筛草、喂草。"草"是被切成一小段一小段的玉米秸秆，捧几捧放到粗眼筛子里，左右摇晃，小土坷垃和细碎的杂物就漏下去。筛子里的玉米秸秆儿就显得干净蓬松，把玉米秸秆倒进水泥抹成的牲口槽里，驴就把大嘴低进槽里去，"嘎吱嘎吱"埋头嚼起来。毛驴是通人性的，个子很矮的我一进去，它就摇晃脑袋，好像等我好久了。我筛草时，它就歪头看着我，每当这时我就尽量多筛几十下，让它的"粮食"更干净。

父亲还教我帮毛驴梳毛。用一个铁齿梳子从驴子的脊背分别向下梳到腹部。我很快喜欢上这个工作，没事时就去给毛驴梳毛，一边梳一边跟驴说话。那时刚看过《牛郎织女》，我很希望家里的这头毛驴像牛郎的"神牛"一样是头"神驴"，就不断地跟驴说话，给它讲故事，说我小小的愿望。毛驴肚子很暖，给它梳毛时，我觉得很舒服，它也乖乖站着不动，也很享受的样子。但它到最后也没有变成神驴。

驴车拉着我们下地，我们在地里劳作，驴被拴在大树上，啃树下的草。夕阳西下，绿色的田野在柔和的余晖中一片安静，我们又坐着驴车向村子走去。一到农忙，人和驴子都不轻松。驴车要一趟一趟往返于田里和家里。

毛驴不仅跟父母亲去田里卖苦力，还是我们的交通工具。去相隔两个村子的姥姥家，都是父亲驶着小驴车，车上坐着母亲、妹妹和我。大冬天，我们穿得厚厚实实，驴子拉着木板车穿行在雪后的荒郊野外。有时候，不知为什么，驴子还会"惊车"。驴没命地、不择路地狂奔，完全不管车子是不是东倒西歪，不管我们是不是连滚带爬掉下车来，不管车厢板零零散散丢进了荒野……喘着气追上平静下来的驴车，父亲是愤怒的，有时会用鞭子狠狠地抽驴子，惩罚它给家人带来危险。也有时候，父亲追上了驴车，拉住它，等我们小心上车，继续上路，父亲说："毕竟是牲口，有它的兽性，算了。"

有一次，我和妹妹同时生了病，父亲驶着驴车带我们去城里的医院检查。路上，和另一辆驴车迎面而行，两头驴竟然在路中央"打起招呼"来，都把前蹄抬得很高，仰头长嘶。我和妹妹在车上差点滑下来，好在双方拉住了驴，才没有出事。回来的时候，父亲驾驶着驴车格外用心，毛驴也特别温顺老实，可能是因为知道我们病了，不能太颠簸吧？

父亲托人在天津买回来一辆"飞鸽"牌加重自行车。因为父母亲说到"飞鸽"时神采奕奕，我便知道那是个很神气的名牌。父母亲用这辆车子，驮着我或妹妹赶集、赶庙、走亲戚。有一阵子，母亲经常用自行车驮着我去"深州市大礼堂"看戏，舞台上珠光宝气的演员很令我神往，以至于那坐着自行车被横梁硌得屁股疼也不算什么了。

驴车和自行车是七八十年代的主要交通工具。父亲驶着驴车去交公粮、售棉花，一袋袋小麦装满车，一包包棉花装满车，父亲分开腿站立在驴子身后的车辕根部，挥动着长鞭，那么高大，像一个威风凛凛的英雄。父亲骑飞鸽自行车去公社开会，回来时，偶尔会买回一两个甜瓜、三四根油条，够我们姐妹开心好几天。父亲是村里的干部，但他对劳动从不怠慢，有时候需要八点到公社开会，他会一大早下地去，干几个小时的农活，再回家洗脸吃饭，然后才骑上自行车往城里走去。

那时候村里唯一能见到的机动车是隔几天来一次的送信员的"电驴子"，电驴子的烟筒冒着青烟，我们小孩子就追着它跑，去闻那难得一闻的汽油味儿。80年代末，父亲买了一辆嘉陵摩托车，可以风驰电掣地穿行在村与村之间、村与城之间了。但父亲不是一个张扬、更不是一个浪费的人，有急需办理的事情时，他才肯把摩托从南屋推出来。我们坐在父亲的红色摩托上，感觉着风猛烈地吹过脸庞，自己也像是个英雄了。

90年代，家里又添了一辆农用三轮车（俗称"三马"），从此，下地不再是晃悠悠的驴车，而是稳稳当当驾驶着三马奔赴村南村北的地里。这时候，收小麦、收玉米，只需一个人站在三马上，把麦个儿、玉米秸压实，其他人装车即可，而不用担心车会被毛驴带着乱走。三马装载量大，走起来也比驴快得多。渐渐地，村里人由主种麦子、玉米而改成主种苹果了。把苹果摘进长方形敞口大筐里，大筐被整齐地排在三马上，覆上旧被子，三马慢悠悠开进家里——这时候的三马必须慢，这样苹果在筐里才不会因为互相碰撞而蹭破了皮。

后来，我们姐弟仨都成了家。我住城里，和爱人带孩子回家，从骑自行车到骑摩托，到开小轿车，一年一年，我们的生活在发生质的改变。妹妹远嫁湖南，回娘家坐长途火车，一开始，要坐一天一夜，后来只需一天，到现在，乘高铁五个小时就到了，还可以乘飞机，俩小时就能从湖南到河北。改革开放四十年，变化可谓翻天覆地，我们切切实实看到了祖国的繁荣，体会到了人民的幸福。

现在的我，一个农村里长大的庄稼妞，也可以驾驶着汽车拉着父母亲去影院看电影、去桃花园赏桃花、去医院检查身体、去见他们分别五十多年的老同学……交通工具的改朝换代，让我们享受了前所未有的美好生活。

公婆家的情况，也是翻天覆地。公婆养育了三个儿子，很多时候，兄弟三家一起回老家，三辆小轿车停放在公婆大院子外。村里人也不觉稀奇，因为在2018年的今天，家家都好过，你有三辆汽车又能算得上什么呢！

# 大礼堂：
## 歌远去琴瑟
### 起歌远去琴瑟弦

始建于 20 世纪 50 年代的大礼堂，曾是当时深州城最宏伟的建筑，坐落在当时最繁华的街道——博陵路中段的北面，永昌街的尽头。岁月沉浮，它由文艺活动中心变成会场变成工厂直到闲置，默默地见证着深州的历史变迁。

五六岁时，我常常跟着母亲从村子来"深州市大礼堂"看戏。早早吃了晚饭，母亲和几位婶婶大娘骑上自行车，顺着颠簸的乡间土路向城里进发。坐在母亲自行车横梁上的我，总希望母亲能骑快点，跑到前面那朵云下面，往往是还没追上前面的云，大礼堂就到了。

随着黑压压的人群进了大礼堂，小小的我坐在座位上，总被前面的人挡着，我便从两个脑袋的空隙里望向舞台。前面的观众总是动，我只好左移右挪，找那个明亮的空隙。虽然我很少能把整出戏看完就困了，但还是喜欢来。戏台上女演员亮闪闪的珠冠，挥甩自由的水袖，我都喜欢。也喜欢她们举着宽袖子遮住了半边脸，一走一晃，满头的钗环亮晶晶的颤。贫贱女子黑衣白袖，头饰简单，那哀哀可怜之状，让我痴迷。剧情我是看不懂的，有时打着瞌睡，恍惚感觉戏台上层层叠叠站了不少人，就知道这是谢幕，戏要结束了。幕布合拢时，她们的头上、衣服上的亮饰还在亮晶晶的闪。

小时候去大礼堂，只是看戏。上高中时，大礼堂已经不再演戏了，这里成了举办联欢会、开会的场所。记得还参加过一次公审大会，我们高中一年级的学生站在台下，台上宣读完犯罪嫌疑人的犯罪事实后，我们都鼓起掌来。一位姓冯的副校长站在队伍里，扭头冲我们轻声说："这种场合，不要鼓掌！"

再去大礼堂，这里已经成了一个制链工厂了，有一位小学时的同学在这里做工。我们几个老同学去找她，也没说几句话，就匆匆离开了，感觉那里一切都很破败。

再后来，我中专毕业，又回到这座小县城工作。小城日新月异，新的建筑不断冲向蓝天，小城也不断地扩张地盘，这座大礼堂被遗忘在了角落，它曾经上演的无数悲欢离合的故事和那些衣着鲜艳耀目的伶人都云散在时光里。

多年之后，有人开始对小城古老的建筑、街道产生了兴趣，不断有人为它们拍照。照片中大礼堂更加灰暗了，门洞窗洞像失神的大眼睛，再唤不起一丝生气。外墙上还挂了招徕顾客的牌子，看上去，真像时间一不小心踩了空，跌撞出了好几个时代。

大礼堂往南，在过去，两边都是小平房，地势很低，低到公路下面。我也曾去过那边窄小的房子里，一大棵泡桐树歪长在门边好多年了，树干皲裂粗大，开着满树粉紫的花，香气钻进低矮的房间里，在昏暗的光线里慢慢消失了。房子很小，很低，充满了古老亲切又安闲的况味。我疑心这些房子是为了配合大礼堂而存在的，大礼堂在正北，两侧的小房子，就是舞台上陈列于君王两侧的侍卫，只要这些侍卫稳稳地驻守在这里，他们的君王才安稳。

从前的深州，不仅有京剧、河北梆子、评剧等剧种，也有笛子调、二八调、老丝弦、哈哈腔等深州特色剧种，京剧大师梅兰芳先生曾于新中国成立后亲赴深州考察二八调。遥想当年，梅先生来到深州，是看到了粉红的桃花，还是尝到了成熟的蜜桃？他是否在大礼堂的舞台上，指导过深州戏曲演员？

在文化生活匮乏的年代，人们坐在观众席里，被台上的故事情节打动。戏曲里表现出来的忠肝义胆、扶危济困、尊师孝亲、励志图强滋养了广大的深州人民。1984 年，河北省文化厅专门派人整理，二八调被《中国戏曲志》收录。本地的戏曲，能在中国戏曲百花园里欣然开放，是令人欢喜的。

华北平原的风一次次吹拂过屋顶，把偌大一个礼堂吹得隐没在现代城市文明中，这是历史前进的必然。明丽的年轻演员甩着水袖、走着碎步，咿咿呀呀百转千回的戏曲声婉转而来，那是简单岁月里的喜色。"胜地不常，盛筵难再"，只有大礼堂门边的粗壮柱子依然坚固，像岁月扎了根，任叶凋花残，根就在那里，岿然不动。

大礼堂在永昌街的北头沉稳安详，它的附近还生活着最早的住户。有老人坐在藤椅上，母鸡慢慢踱步，阳光悄悄从东墙上缩小。这座水泥灰的大礼堂里，曾经上演过无数明艳繁华，而现在，影乐宫、锦绣广场、两馆一院、乡村文化大院、各机关企业学校的活动室，都在尽量满足当今人们对文化艺术的渴求。

弦歌远去琴瑟起。旧的虽然芳华褪尽，新的却盛装来临，这，就是文化的魅力。它深植于深州人的骨子里，年年岁岁，岁岁年年。

# 老家的驴

　　我小时候，家里西边小屋里喂着一头草驴。每天晚上临睡前，父亲都要去给驴筛草添料。白天经过木栏窗子，都能听到驴在小屋里吃草、打响鼻的声音。它偶尔会抬起头来叫几声，"儿啊儿啊"的叫声，能在村子里传很远。

　　那时上小学，早上刚一吃完饭，父亲就把驴牵出来，收拾着套车。驴车载着父母下地，到了地里，把驴从木车辕里解放出来，又开始了新的工作。有时候套上铁铧犁，耕地；有时候套上耙，盖地；有时候直接把驴车驶进地里，在车上装麦子、麦秸、玉米、玉米秸、红薯、红薯秧、花生、花生秧……冬天也有活儿啊，从家中猪圈里铲出来的粪肥，都是由驴车一趟一趟拉进田里的。一年四季，驴陪着父母劳作。

　　驴车还是我们走亲、访友、看病、进城的交通工具。驴车上拉着一车人，颠颠簸簸、晃晃荡荡走向目的地。驴低着头走，我们的欢声笑语和家常话儿都被它听去了，听不清时，还把耳朵竖得更直。他也喜欢我们这一家人吧，不然怎么会乖乖地一天又一天呢。它有时也争强好胜，有一次去城里，它非要和另一辆驴车赛跑，父亲怎么拉也拉不住。驴为我们在土道上争了面子，但他不知道我们的腰呀腿呀都被颠疼了。它憨憨的样子让人真是哭笑不得。

驴不仅在田里劳动样样出色，拉我们去四面八方，也绝没有问题。那时候知道一个词儿叫"黔驴技穷"，但我想，肯定是驴在黔这个地方不能施展它的技能，而我家的驴，样样是好手。

每天放学回来，写完作业，才见父亲和母亲驶着驴车回家。母亲做饭，父亲卸车。把驴从车辕间解放出来，摘下束缚，把驴牵到西屋，筛上一筛子干草给驴吃，这时候，父亲才拍打着身上的土，打水，洗脸。夏天的时候，进西屋前，父亲还要提来一桶水，饮驴，驴把长长的脸钻进铁桶里，再出来时，桶里的水已经下去了大半。

地里没有驴的活儿时，白天，就把驴牵到大门外的刺槐树下。父母嘱咐我放学后，天黑之前把驴牵回西屋。小小的我站在庞然大物面前，心里总是很害怕。有时，刚从刺槐树下解下缰绳，牵它进门，它却调转头来，带着我转起圈来。我吓得够呛，在心刚要跳出喉咙时，它却后腿一屈，自己卧在地上，打起滚来了！驴打滚可不像小孩子能打 360 度，它最多是打 180 度：四个蹄子，从左甩到右，又从右甩到左，来回几次之后，前腿搭地，一挺，站起来了，然后摇头晃尾抖身上的土。见它起来，我慌忙拉紧缰绳，把它带回西屋。

有一次，战战兢兢刚从刺槐树下解下缰绳，它竟然扭着脖子朝南边跑去，我用力拉，但缰绳还是从手中滑走。驴腾起四蹄朝南跑，南边是一个死胡同，它竟然转身跑到西边堂哥家中去了。等我气喘吁吁赶到，驴已在院子里菜畦边溜达呢。堂哥把驴牵过来，递到我手里。我才发现手被勒红了，生疼。惊魂未定的我把驴牵回家拴好，恨恨地瞪它，把拳头捶在它身上："吓死我了！你吓死我了！"它的大眼睛一副无辜的样子，承受着我那小小的拳头，默不作声。

从此后，每当去牵驴，心里总先请求它："请你乖乖跟我回去呀，别捣乱。"默念几遍后，才把粗粗的刺槐树干上的缰绳解开，拉着驴，经过大门洞、院子，来到西屋里，把缰绳系在一个铁环上，这时才会长出一口气，然后兴高采烈去筛草。

草装进筛子里，左右晃五十下——这是父亲要我筛的下数，但我为了让驴吃到干净的草，总是多筛一二十下，把筛净的草倒进石槽的时候，驴就把长脸抬高一点并扭向一边。等我把筛子撤走，它就低下高高的头，掀开嘴皮，露出大大的牙齿，把草吃进嘴里，非常夸张地嚼起来，好像我喂它的草有多香似的。

我拿了铁梳子，从驴的脊背往下梳，一直梳到软软的肚子下面。铁梳齿经过硬硬的驴的皮毛，一下一下，把驴的整个身子都梳遍了。听过牛郎织女的故事后，梳毛时，喂草时，看到驴忽闪着特别温顺的大眼睛，就想，我要好好对待它，万一，它就是牛郎的神牛一样的神驴呢？但无论我如何亲近它，它只是一头普通的驴。就算它是一头普通的驴，我们依然好好地为它加料，为它梳毛。

在庄稼地里，无论多累，也无论干了多久，驴总是默默无声，低头前进。偶尔打个响鼻儿，把大眼睛眨几下，我不知道它在想什么，但总觉得它和我们姐弟仨一样，都是这个家里的孩子，承受着大人的爱，也服从着管教。

家里从亲戚家要来了一只小白猫，刚断奶，小小的，非常可爱。它总是跟在人脚后面跑。有一天，父亲赶着驴经过大门口往外走，小猫跑过去，驴一抬腿，蹄落处，正好小猫跑来。

小猫死了，父亲看看躺在血迹里的小猫，又看看驴，叹口气，把小猫捡起来，埋在院里杨树下。一家人都很心疼，但驴是无辜的，我们都没有责怪它，而它显得更乖顺了。

　　多少年过去，我离开了小院，驴也不知所踪。每当回首，仿佛看到驴还在开满洁白花朵的刺槐树下，等着我来解开它的缰绳。

# 门帘翩翩

小时候，家里各屋挂的纸管帘子都是姥姥穿制的。先用废纸搓成细长的纸管儿，涂上油漆，油漆干透，再用带钩的铁丝把纸管儿钩串起来，一条条挂在横板上，一幅纸帘子就成了。这屋是红白条的，那屋是黄蓝格的，屋屋各异，年年不同。最喜欢的是一幅墨绿色门帘，干干净净悬挂在爹娘睡房和外屋之间，挡着苍蝇蚊子，晃着出出入入的人影。我和妹妹经常从帘子里钻出头来，攥着两绺细长的帘条子垂在耳边腋下，当成古装戏里皇姑的大辫子。纸帘子慢慢脏了，变形了，夏天就过去了，

再小的时候，我跟姥姥姥爷生活在一起。村里还没有电灯，晚上姥姥经常带我去"大姥姥"家玩。大姥姥家常常聚了好多人，人们围着煤油灯聊天，或者给我出谜语，让我跟桌子比个头。有时候，人进来得急，用力掀门帘，灯头忽闪忽闪，把持不住，熄了。这时候，大姥姥就从炕上起身，去摸火柴，人们继续说话。有火星一闪一闪，那是有人在吸旱烟。火柴一划，小火苗从火柴头粘到煤油灯上，慢慢跳跃，像它从来没有离开过一样。

大姥姥家的门帘是蓝色的，本是一块白粗布，请走街串巷的人拿去染了的。这长方形蓝布挂在大姥姥屋和外屋之间，凭着脚步声，屋里的人准会猜到将要进来的是谁。有时候，脚步声不熟悉，人们就猜，然后一起望着门帘。等来人撩帘进来，炕上、柜子上的人就松动起来，给来人让座："你怎么有空呀？"

　　大姥姥家的帘子里人们絮絮缓缓地说话。一大屋子大人之间，我是那个最不起眼的安静小孩，有时会跳下炕，来到地上"转裙子"。人快速旋转，等裙摆飘起来了，就猛然蹲下去，裙子就变成一个圆圆的花包。大人们说他们的，我转我的。有时候灯头火苗也被我带动得忽闪起来，人们的影子就在墙上忽长忽短地游荡。等门帘一动，我便会飞快逃到炕边偎依在姥姥身边，一来是怕，二来是羞。小小的我，在那个幽暗的小屋里，度过了无所事事的童年。

　　老爷爷的屋里挂着一个竹帘。竹帘由细竹条横编而成，并不能上卷。想要进到门里或出去，必须推开硬硬的它，从缝隙里出去。所以每次出门进门都小心翼翼，不得鲁莽。老爷爷的床铺下有他的旧手绢，里面包着零钱，我和妹妹觊觎很久。后来，我们分别都做了贼。我攥着一张五毛钱一溜小跑跑到村供销点，买了一支玻璃管钢笔。妹买的什么我没问，反正后来她也招了。

　　老爷爷的橱子里，有时会飘出香味儿，那是老姑或是别的亲戚买的老蛋糕——"槽子糕"。老爷爷总是慢慢打开锁，慢慢拿出这稀罕东西，我和妹妹一动不动，一直盯着老爷爷的手，直到那槽子糕堵住了口水。槽子糕的香甜松软是一座味觉丰碑呀，至今没有什么能够超越。

　　冬天，母亲会缝制一个棉门帘。把旧床单、旧被面裁剪成形，缝纫机嗒嗒响着，很快就成了一个布套子。把旧被子里拆出的棉絮装进去，再缝压好，寒气就挡在院子里不得进屋了。棉门帘会挡住光，外屋在冬天都是暗的。除非点蜂窝煤炉子时，烟太多，才掀开棉门帘。过年时，爹娘会在门边门头贴上大红的春联。花棉布门帘被夹在正中间，好像它才是最尊贵的君王，震耳欲聋的鞭炮仿佛都是为它放的，神气得很呐！

如果手里端着东西，腾不出手掀门帘，就要用身子拱了。拱开棉门帘，身子一转，就转进屋了。很喜欢这个动作，有时和妹妹就算空着手，也要垂下来不去碰门帘，直挺挺转进屋。天气渐渐暖和了。太阳把棉门帘晒得很厚，身子都不愿挨它了。母亲就把门帘摘下来，换成轻巧的单布门帘。我们又可以隔着门帘藏猫猫了。

纸门帘、布门帘、竹门帘、棉门帘，都是童年少年的物件，不懂"帘卷西风"，不懂"柳絮惊春晚"，也不懂"帘动午风花气暖"，它悬挂在有老有少的普通农家，守护着平静温暖，慢慢陈旧，慢慢漂到岁月的长河里去了。却有时会翻浮上来，在记忆的浪花里和我重温过去的光阴故事。

搬到小城，人们已经不再挂门帘了，我只在书房门口挂了一个香樟木珠半截帘。人一过，帘子上的小木珠就摇晃碰撞起来。人走了，帘还在动，还在细响，晃晃悠悠，把时间都晃慢了。它也将是岁月的故事，帘内的人，会尽量把它写好。

我七八岁时，有一天，家里来了一位陌生人，带着一袋子家当。他是来给我们画影壁的。

北房的西南，是西屋。西屋的南墙，正对大门洞。任何人一进大门，首先看到的就是西屋的南外墙。父母请这位叔叔在这里画一幅画。

我和妹妹搬来小板凳，坐下来，仰着头，等着红红绿绿从叔叔手底下冒出来。周围邻居也来了，大人小孩聚在大门下一边看着画画，一边闲聊、玩耍。

画家叔叔把五花八门的家当放在一条长凳上，一会儿拿这个，一会儿换那个。他的注意力都放在涂了白底的墙上，全然不理会身后闹哄哄的我们。

在最高处，他刷了一道道黄乎乎的颜料，然后又刷紫灰的，又刷红的。

这是天空呀。大人们赞叹着。

我左看右看，天空怎么那么模糊不清呀，颜色也不明丽。于是很坚决、很肯定地说："不好看！"

后来我去北房里喝水，母亲说："你怎么能说不好看呢？"

"它就是不好看呢！蓝天白云多好，他却画得烟雾腾腾。"

"天就是那个样子的，而且这是刚画，一会儿就好看了，你不能这么不礼貌。"

画家叔叔把画刷从西刷到东，非常慢。我可真着急呀，可是画家叔叔全神贯注一遍遍涂抹高处的天空，总也不往下画。

"叔叔，您画好看些吧！"我恳切地请求，希望他变了主意，重新再画一幅色彩明丽的画。

叔叔换画刷时，转身对我笑着说："好，好，我好好画。"

那幅画画了一个上午，又画了半个下午，才算完成了。那天空不过是全画的一小部分，上面还用画笔画了颗小小的红太阳。再近处就是山水树木了。

画家叔叔走了，大门洞里的邻居们也散了。父亲和母亲又仔细端详那幅画，都说"好"。

每年雨季到来前，母亲都用一块猪油把影壁画涂一遍，以防雨水把画冲坏。我每天放学回家，都经过那幅画，从来不觉得它美。

岁月流转，父母的老房子都拆掉盖了新房。西屋也由原来的土坯房变成了砖房，外墙贴了雪白的瓷砖，那幅画，当然也随着老房子消失了。

近来，我经常和几位姐妹傍晚开车去郊区的观花台。观花台是为了登高赏花而建的，我们却是为了看云。登上观花台，郁郁葱葱的万亩果园就在脚下了，辽阔天空整个儿覆在上方，没有任何遮挡。人在原地转圈，就能把天空的云色全收进眼里、镜头里。

在观花台，我邂逅了那个错综复杂神秘莫测的天空颜色。

红，黄，紫灰……它们好像相互交叠又好像层层分明，好像彼此融合又好像各自为政。那辽远天空似曾相识又如初次相见，如同梦幻仙境，又确确实实舒展在眼前。

望着大自然的精妙杰作，双眼被愉悦，心灵被震慑，灵魂被洗礼。任何一种艺术形式都无法给予这样的体验，而天空，却有如此神奇的力量！

"北冥有鱼，其名为鲲，鲲之大，不知其几千里也。化而为鸟，其名为鹏，鹏之背，不知其几千里也。怒而飞，其翼若垂天之云。"只有这样的天空，才能飞起这样的鹏鸟。只有这样的天空，才能容许思想的自由翱翔。

突然想起那年那月，被我斩钉截铁说"不好看"的影壁上的天空，原来是那么绮丽、那么宏大、那么玄幻深邃又美不胜收。

站在云朵飘游、余晖微暖的天空下，本来以为早已淡忘的情节却又清晰重现。大门洞里板凳上的小丫头怎会得知，多年后有七月的天空来印证当时的影壁？而今日的我，是多么感谢当时的自己，感谢她在孩童时代印下了对影壁天空的记忆，让日后的我有了可以穿越回去的落脚地。母亲站在椅子上给影壁画涂猪油，分明是在给我加深印象——这美，不要被雨水冲刷，不要被岁月剥蚀。

画家叔叔站在我家影壁前，默默描画，他一定是要把他心中的天空搬到这里。那是朝阳初起时的辉煌，是落日刚下时的绚烂，是大自然不可捉摸的匠心所在。

大人们都说好看，是因为他们见识过黎明和黄昏的天空颜色，他们曾无数次在那样的天色里辛勤劳作。

蓝天白云是天空，杂色铺陈也是，它们都美。画家叔叔一刷一刷、一笔一笔早早为我展示了天空之美，走了这么多年之后，我才真正了悟了它的瑰丽。多么晚啊，又何其有幸！

影壁上的天空，带着温馨的往日情怀从童年飘然而来，融进今日的浩浩苍穹。在每一个普通又伟大的日子里，天空挥舞万千霞色，那是大自然极致的、绝妙的、不可重来的美丽。

# 缠线团儿

小时候，母亲常常要我帮她"缠线团儿"。

从供销点买回的棉线是一把儿一把儿的。一把儿棉线就是无头无尾、沉甸甸的一绺儿棉线圈儿，线圈长长软软，看似杂乱无章，但是，母亲一眼就能看出其中的分界。她两只手绰进棉线中间，三扭四扭，向外一挣一撑，软塌塌的棉线圈儿就变成一个硬乎乎的椭圆形了。我的任务就是撑住这个椭圆形。

母亲从我撑着的棉线圈儿里，找出一个线头，拉出去，缠在一个小小的硬纸片上。一开始，棉线磕磕绊绊，被小硬纸片的边角阻碍，母亲的手几乎拿不住它们，动作很小心，速度比较慢。不一会儿，纸片就被源源不断缠上来的棉线淹没了，母亲手里捏着的已经是一个圆圆的小棉球，缠线的速度也越来越快了。

母亲左手拿着线团儿，右手把从我这里拉出的棉线往上缠。她的两只手配合着旋转，像在跳舞一样，又灵活又快捷。母亲一边缠着线团儿，一边和来串门的人唠家常，来串门的人坐在一旁的柜子上纳鞋底。

我可没兴趣听她们说什么，只管伸出胳膊撑着线，随着母亲和棉线游走的节奏左右晃着身子。有时候，耐心不够，或是鼻子痒，抬手去抓，手一动，线就乱了。母亲就会走过来，帮我重新整理，整理好的棉线又套在我伸出的两手上。

我撑着线，母亲缠着线团儿。我常常退后，再退后，这样我和母亲之间的线就会变长，再变长。棉线太长了就会松垮下来，在空中形成一个弧形。这时候，母亲就要说话了——这样不好缠，线容易断。我却喜欢长线晃晃悠悠从我这头跑到母亲手中的雪球上。

有时候线乱住了，棉线不能顺畅地拉出去，卡在那儿了，母亲就稍微用力拉，我就感觉到了力度。母亲一拽，我就一顿，可好玩了。很快，棉线又像流水一样流淌而出，母亲的两只手又飞快地旋转起来，我端着两只胳膊也左右摇晃起来。

白棉线在我和母亲中间，像一条细细的河流，总也流不完，我就是那源头；像是无休无尽的蛛丝，我就是那只修行了千年的大蜘蛛；像一座摇摇晃晃的悠长吊桥，我就是那个从这头跑向母亲那头的渔家小孩。

所有的想象都想了一遍，手上的线还是没有缠完。缠线团儿对年幼的我来说太无聊了，要缠好长时间才可以出去玩。

母亲手里的线团变得更白了，更圆了。圆圆的棉线团儿对我成了诱惑，我要求和母亲换工作。母亲不肯，说你哪里干得了，还是乖乖撑你的线吧。

母亲缠棉线，有时缠白棉线，有时缠黑棉线。白棉线像雪球，黑棉线像煤球，都圆得让人想握在手里把玩。

棉线，有棉花的柔，有时光的暖。用棉线缝被子衣物，不易滑脱。扯断它时，它又不会太固执。棉线断裂的声响也是好听的。棉线没有艳丽的色彩，只有经典的黑与白，我觉得那才是经风经雨百看不厌的天地纯色。棉线不光滑，那绒毛飞散的微糙足以积淀得下日月灵气，藏得住平常日子历久弥香的真情。

棉线敦厚、温柔、包容、不张扬，帮我们缝起了长长的岁月。岁月静好，皆因有爱。母亲为全家人缝衣服、缝被子，把棉线团儿从大用到小，从小用到完，然后再去买线，唤我来撑线，缠线团儿。

那时的母亲多年轻啊！小小的我扎着羊角辫跑来跑去，跑着跑着就跑出了童年。

"长安城中月如练，家家此夜持针线。"崔颢在《七夕》里所写的线，是棉线吧？"慈母手中线，临行密密缝。"孟郊在《游子吟》里提到的线，是棉线吧？在我的童年，站在黄昏的小屋里，我和母亲一起缠的线，是棉线。

今年母亲又要做新被子，我打电话说："等我帮您缠棉线啊！"但再缠的棉线，已经不再来自我家的棉花地了。

# 奶奶家的萝卜

　　每次回老家，公婆总是很高兴，从小院里或是菜园子里采回绿的菠菜、红的西红柿、紫的茄子、白的香瓜，忙不迭地给我们装上。就算是到了冬天，没有什么嫩脆的叶菜瓜果了，我亲爱的婆母大人还是会变出一些"宝贝"来。

　　婆母拿上铁锨，去大院子东头，旧菜畦已经由夏秋时节的繁盛凋零成一块闲地了，婆母用铁锨把落叶杂草拨到一边，再铲去一些土，露出一个化肥编织袋，把编织袋抻走，开始掘土。很快，婆母弯下腰，像变戏法似的从坑里扔出一个一个带泥的萝卜，这些萝卜像脏着脸的娃娃，憨态可掬。婆母是爱孩子的，她有六个孙子孙女，哪一个她都视为珍宝。婆母蹲在院里的井沿边，打来一大盆水，加上适量热水，一边洗一边说："在这里洗干净了你们回去简单洗一下就成了，省你们时间，你们上班太忙。"

　　公婆种的萝卜不是平日里常见的白萝卜，而是比白萝卜短、胖、稍圆，当地人叫它们"拉拉凫"，"凫"字是儿化音，听上去有种很绵软很甜的感觉。但因为不确定这三个字的正确性，为了不误导孩子，我给这些萝卜叫"奶奶家的萝卜"。

奶奶家的萝卜有红的，有绿的。红也分浅红、深红、紫红，绿也分深绿、浅绿、青绿。每当我把它们放在竹案上切开时，那浓郁的颜色就跟着汁水沁出来，直浸到心里去，心花也绽成五彩。把萝卜切成圆片，两刀分四瓣，拉开距离，摆成花朵模样，于客厅茶几上摆着，直到枯干变小，还是一朵好看的花。

今年三弟回老家，又捎回了红的绿的萝卜。为了让公婆辛苦种出辛苦埋上辛苦挖出辛苦洗出的萝卜不糠不霉，保持它的水润新鲜，我总是把萝卜放进冰箱里冷藏。拿出来洗净切菜时，我总是对自己说："今天吃这一个，来不及拍了，明天一定要记得把萝卜切得像样，好好拍张照片。"可是一个一个萝卜被我们吃掉了，我还在一遍一遍地重复这样的话。

今天，发现冰箱里仅有一个"奶奶家的萝卜"了！唉，拖拉的我呀。虽然早上要做一大锅饭，但我还是急匆匆地切呀，摆呀，拍呀。在清晨六点多的厨房的灯光下，光线很差，拍出来的效果很不尽如人意。

一年又一年，婆母的萝卜总是用悦目赏心的颜色来装点我们的餐桌。红萝卜会把一锅玉米粥小米粥染成紫粥，喝下去就是味道好营养足。绿萝卜青翠洁白，水润喜人，即便是切个凉菜，也是爽口爽心。

把萝卜切成条儿放进粥里，萝卜切成丝或片儿，用酱油、醋制成咸菜，都是极受欢迎的。炒萝卜有点浪费了，因为这么自然原生态的东西跟油混在一起有失它原汁原味的清纯本色了。我和两个孩子认为最好吃的，莫过于蒸萝卜，把萝卜切成厚片儿，在熥馒头时，把这些圆圆的"车轮"放在箅子上，饭熟后，萝卜片也熟了，颜色更加透明，吃在嘴里，有果香，有丰富的汁水，有合适的软硬度——唉，说这些表达不确切的废话，简直是降低了它的好吃度！

所有照片上的颜色，都不如婆母的萝卜生动好看，因此知道，所有的摄影都拍不出本物的灵魂，本物的灵魂都飘在平常日子里，在我们平静的呼吸里。

希望今后好多好多年，我一直能吃到公婆种的红绿萝卜。老人家结结实实地创造美，我悠哉游哉地记录美，好日子行云流水，就这样慢慢流淌下去了。

# 柿子树

　　小时候，我对柿子没有概念，唯一与"柿"沾边的就是村里供销点出售的"柿饼"，白茫茫的一层霜盖着黑乎乎的一块柿脯，咬进嘴里，还要把一起吃进去的草沫儿、沉泥再吐出来，吐不尽也毫不介意，只贪恋着那份果子的甜和咀嚼时的筋道。

　　二姑家种着几棵柿子树，个不大，但很甜。每当我去了，姑姑总是让我吃，吃了还得带几个走。记得有一次去，二姑说："吃柿子吧，什么吃呀，简直就得'喝'！"因为柿子太软了。喝柿子也讲究技术，会喝的人甜浆喝进肚，嘴边却不沾一滴。

　　我结婚以后，父母在北院种了两棵柿子树，待到我驮着孩子回家，看到满树的绿果子，真是惊奇呀，那简直是满挂的绿宝石，在绿叶子之间几乎要放出光芒。这么绿这么绿的硬石头，什么时候能长成艳艳暖暖的小灯笼呢？

　　人急柿子不急，慢慢地长，慢慢地让风给它涂颜色，涂了不知多少遍，绿才少一点儿，黄才多一点儿。说实话，半黄半绿的柿子并不好看，脏兮兮的像淘气孩子的脸。但是，再调皮的孩子也有一个灿烂的未来——你看，在并不凉的秋风里，它正猛长呢。

柿子红了，是一种橘黄的红，满树的灯笼把小院照得亮亮的，暖暖的。安心爱也喜欢柿子，去年在宅基上种了一棵。红柿子在院子里多好看啊，人在下面休息聊天甚至只是走过也是好的。因为他的喜欢，我更觉得柿子树是极美丽的树，而且它不与春夏争宠，只在万木萧疏时才灿然登场，给寂寂的晚秋初冬送上好多天的惊喜与温暖。

柿子熟了，我们回家，妈就搬来高凳为我们摘柿子。爸干脆爬梯子上了房顶，拿着剪刀把高处的长得更好的柿子采下来。柿子个头很大，很端正，很好看。妈说："回去跟梨放一块儿，软得快。"俗话说"柿子专捡软的捏"，但是没法捡啊，只能捏了才知道它的软硬，软了才能洗了来吃。心急吃不了热豆腐，也吃不了生柿子。如果太馋而等不及柿子软透就开吃，它就会不客气地让"涩"把你的舌头变短变麻并赐您一个苦涩的口腔。

熟透的柿子好吃，那种甜是一种绵软的纯粹的甜。从前把柿子放在暖气片上，热热地吃。有时长时间忘记去拿，柿子挨着暖气片的底部就会发黑，但丝毫不影响它果肉的甜。我喜欢在饭后把柿子洗净，用小勺子把柿子肉和汁刮进白瓷碗中，端给家人，白的细瓷碗，橘色的稠汁，没人不爱吃。柿子肉不光有肉，有汁，还有丝丝缕缕的黄纤维，更有滑溜溜、筋道道的"舌头"，这是好多人最爱吃的部分。

今年更发明了吃柿妙法：待柿子被暖得温度适宜，拿刀竖切，一切两半，用小勺子舀来吃，吃完，剩下两只空空的红碗儿，近于透明。很想倒一些红酒进去，端着柿碗儿，与生活干杯。

天好的时候，我喜欢把柿子晒在阳台上，再吸收一些阳光，柿子会更鲜艳更好看，味道也感觉更好。

柿子总是结得很多，吃到后来，太稀软了，根本没法拿到手里去吃去喝，因此会糟蹋好多。妈就在柿子红后，趁它们还硬着，用刀把皮削去，再切成片，晒在夏末阳光里。有时会晒到房顶上去，六十多岁的妈端着盖板或铁架爬梯子，还要惦记着去翻面儿，晾柿子干的另一面。柿子片被晒缩成了暗黄的柿子干，嚼在嘴里特别筋道，特别甜。

　　妈晒的柿子干被人称道，村里串门的去了，总是会尝，会夸。妈不单给我们柿子，还把辛苦晒好的柿子干装好给我们。一个柿子通常被切成三片，每一片都要经过切，经过摆，经过端，经过翻面。沾染了阳光、夏风和妈妈的手，这些柿子干，说不好吃谁信呀？

　　柿子树，举着温暖幸福的灯，照耀着我最亲最爱的亲人。

# 吱吱的茄子

"紫色树，开紫花，开过紫花结紫瓜，紫瓜里面有啥？有芝麻。"

小时候特别不爱吃茄子。母亲把白菜、粉条，有时还有豆腐，跟茄子一起煮，叫"熬茄子"。茄子被切成小正方块，做熟之后，黑乎乎的，茄子皮更难嚼。每当做这样的饭，我就吃得特别慢，等大人们吃完出去干活儿了，我就把碗里的茄子一勺一勺舀出来，扔到门台外的角落里。

长大后，这个记忆常常使我自责，原本可以跟父母说清楚，把茄子挑给他们吃。但那时候我胆子小，不敢表明观点。20世纪80年代初，物质还匮乏，我却干着一件可鄙的事。

不爱吃熬茄子，但爱吃茄泥拌蒜。茄子被蒸或煮成软软的一个，晾凉了，用筷子一搅，它就变成稀巴烂了。大蒜瓣放进捣蒜罐里，捣砸一阵，蒜也稀巴烂了。这时候，蒜香就飘满了屋。蒜泥倒进茄子里，滴几滴香油（芝麻油），撒上盐，拌匀，这道菜就完成了。

父亲给这道菜叫作"茄泥"，而且把"泥"说成第四声，等于是"茄腻"了。父亲这样一说，我就觉得这茄子更加腻乎乎、绵乎乎，因此就更爱吃。

姥姥家也做茄泥。吃饭的时候，二妗跟我说："这个鸡腿你来吃吧！"我诧异，二妗笑眯眯递过来一只茄子把儿。茄子把儿是空心的，里面也有软软的能吃的部分，茄子把儿下是茄子花蒂，咬起来很筋道。茄子肉软，茄子把有嚼头，手持茄子把儿就像把鸡腿横在腮帮子前。从此后，我和弟弟妹妹们都知道了"鸡腿"，吃茄子把儿真能吃出啃鸡腿的得意来。

"捣蒜泥"也叫"砸蒜"，小时候用木质的砸蒜槌，一下一下，砸得不耐烦。后来换了石罐石锤，几下就把蒜砸烂了，我们姐弟又抢着去捣蒜。

深秋，院子里的茄子遭了霜，父母就把所有的茄子摘下来。有的茄子小小的，有的甚至刚从花蒂里露出头，父亲说这是"茄苞"。茄苞一蔫可就更没实质内容了，而父母是不允许浪费发生的。

母亲把小瓦瓮洗干净——腌茄苞。把蒸熟的小茄苞挤了水，一个个摆在瓮里，摆一层放一层盐，放一层花椒。过不久，就可以把小茄苞拿出来吃了。拨开花椒，筷子一夹，软茄子就下来一条儿。茄子软，咸，香，凉，非常好吃。

家里原来种小麦、玉米，父母除了整日在田间忙碌，还挤时间在院里种了几棵茄子。茄子就成了冬天里除了大白菜以外最好的美食。后来家里种苹果，也忙。再后来，苹果地也少了，父母竟然在村东种了一亩多地的茄子！

茄子开紫花，绿叶子大而涩。到了采摘季节，我带着小儿子、小侄子去地里帮忙。茄子多，靠拧不行，须用剪刀剪。"咔嚓"一声，一个茄子就到了手里，小心放进篮里，没放几个篮子就满了，小儿小侄双手拎着篮子，叉着腿，一步一挪地送到地头，递给装车的父亲。

一开始，孩子们笑嘻嘻干活儿，不一会儿就满头大汗、叫苦连天了。他们可不知道这吱呷吱呷的大茄子会给家里带来收入。嫩茄子饱满、新鲜、光滑，与手不经意地摩擦，与别的茄子不经意地摩擦，都会发出轻微的"吱呷"声。这"吱呷吱呷"是形容茄子的水灵鲜嫩的。

摘茄子一般都是傍晚，农用三轮（三马）装得满满的开回家，第二天天还没亮，母亲就开着三马去城里卖。因为茄子品相好，很快就批发完了。茄子长得快，隔一天不摘就会有老掉的茄子，所以我们要天天去地里。每天每天，母亲开着咚咚响的三马往返于地里、家里和城里。父亲是开三马的好手，但他不去卖，他觉得不好意思。

茄子长得多，长得好，但价格却不是父母说了算的。在茄子地里，下半个身子都被闷热潮湿包围着，胳膊、手、脸经常被茄子叶和花蒂上的刺划到扎到。家里的地也很快被厂房占据，茄子，退出了土地。

现在，父母都七十多岁了，家里所有的耕地都成了厂房和楼房，他们已经无地可种。因此，小院就成了他们的种菜舞台。不光春夏，秋冬也种，因为父母会在院里搭起大大小小的塑料大棚，种各种蔬菜，供我们吃。

茄子不再大面积种了，种两畦，几行，足够了。像第一根丝瓜必是让我们吃掉一样，每年长好的第一个茄子，也一定会让我们带走。

刚上班时，我跟着城里的二姑吃饭。等回了家，我切茄子，父亲说，切得太细。我说，我二姑家的保姆就切这么细。父亲说，太细。所以直到现在，我切茄丝总是切得略微粗一点，因为父亲喜欢。

冰箱里摆放着紫红的茄子，蒸茄泥，炒茄丝，熬茄子，我都爱吃。是的，现在，熬茄子也爱吃了。当然最爱吃的还是"茄泥"，爱屋及乌，连捣蒜这个环节也爱得紧。月亮里嫦娥的玉兔捣长生不老药，古代先民用杵臼捣草药，巫女捣魔药，所有的角色都可以试一次，到最后，还是愿做一名家庭主妇，捣着普通的日月，陪着平凡的家人。

超市里的圆茄子、长茄子，皮厚皮硬还空心，哪里有我家的大红袍茄子好呀。但是，时光流逝，地里大片的茄子变成了小院里的小片茄子，父母也慢慢有点驼背了。好在，他们都还结实。在我写茄子时，在群里发信息问父母"那年我们种了几亩地的茄子呀""茄子的品种是叫'大红袍'吗""腌茄苞的时候需要加水吗"，父母很快就回复过来，还说，到城里去批发，整条街上，咱家的茄子卖得最快。

关于父母种过的农作物，只要我问，父母第一时间就能回答我。我保存着父母种茄子地时的照片，养羊时的照片，摘苹果时的照片，翻出来发到家人微信群里，全家十几口人就一起回到了父母的年轻时代。

除了平常的茄子做法，母亲还会给我们做两片茄子夹肉末儿的"茄夹"。饭店里是做不出这个味道的。母亲做饭做菜从来不嫌麻烦，种茄子、浇茄子、管理茄子、摘茄子、卖茄子、拉秧茄子，这都不怕，还怕把茄子做成儿孙们爱吃的菜吗？

有一年写传奇小说，我把一个反面人物气急败坏的样子形容成一朵蔫了的茄子花。有个妹妹惊道："茄子花？你是怎么想到这个词儿的！"

她不知道我曾站在大片的茄子地里，茄子开花、落花，长叶、落叶，我都看得清清楚楚，记得清清楚楚。

# 母亲的豆豉

从夏天滚出一个西瓜，爆出一把黄豆，馒头被撕碎晾干，在阳光里，母亲把它们变成豆豉。

母亲认认真真蒸一锅松软筋道的馒头，出锅晾凉。洗手，把馒头撕成一小块一小块，摊放在高粱秆托板上。时间慢慢走，微风轻轻吹，家人进进出出，碎馒头失了水分，由软变硬。

把黄豆煮熟，裹上一层面粉，几天内，它就能发酵，成为豆豉的催化剂——"发黄豆"了。

选上好的西瓜，一分两半，尝一尝，要甜，要沙，要水气刚刚好，要足够好吃。这才拿起勺子，一勺勺舀出鲜红的瓜瓤，放进事先开水烫过且晾干的陶瓷大盆里。

生姜被切成椭圆片或是细长丝。之所以不切成碎末，是因为考虑到有人不喜欢嚼生姜，太碎了剔不出去。而喜欢嚼生姜的人，可以挑选来大快朵颐。

盐根据比例放进去。放多了，豆豉太咸，吃来不健康也不好吃；放少了，还没等到吃，豆豉就酸了。母亲都是根据自己的判断来放盐，几十年一日三餐，再加上几十载做豆豉的经验，放多少，她有自己的感觉。

西瓜瓤、馒头、发黄豆、生姜、食盐，被母亲和在一起。这个过程，母亲不用其他工具。双手洗净，扎进盆里，像洗衣服一样搓，像和面一样揉、按、翻、拢、搅……总之，要让馒头吸收了西瓜水，让发黄豆均匀分布在整盆。馒头吸了西瓜水，变软了，经过挤揉，变烂了。发黄豆零零星星隐藏在不同地方，像散游在宇宙的小星球，要释放自己的能量了。纱布缝制的料包，里面装了八角、花椒、茴香籽。料包直接放进盆里，它的香气开始在整盆弥漫。

母亲用棉布把盆口盖上，找来布绳把棉布扎紧。整盆豆豉就笼罩在白棉布下面，所有的食材都在里面慢慢发酵，变软，浸润，相互把不同的香气取予、融合。一两天后，掀开棉布，豆豉已经发成糊状，拿长把勺再搅动，让它们再融合，再融合。

掀棉布，盖棉布，反复几次，我们再也抵挡不住豆豉的咸香了，非要母亲盛出小半碗儿来尝个鲜。看着母亲掀开棉布，露出豆豉，说是"口舌生津"，其实我们就是馋得流出了哈喇子呀。

找不到馒头的影子，全变成稀软的糊状豆豉了。红红的絮状西瓜瓤、软软的黄豆粒、椭圆或细长的生姜，它们软而微咸，同化在苍茫的豆豉海洋中。如果能挑中一点西瓜瓤、一颗黄豆，或是一片生姜，会有中奖的小幸福呢。西瓜籽还在，不喜欢吃就吐掉，喜欢吃就吮净了豆豉再用舌头把它顶到齿间，嗑瓜子。瓜子也咸津津的，好吃。

如果天要下雨了，母亲会把大盆搬进屋里，等天晴了再搬出去晒太阳。不能被雨淋，不能被尘土污染，不能被飞鸟啄食，豆豉虽普通，却也要付出诚心对待。

夏季很长，日子好像千篇一律，而豆豉内部却进行着轰轰烈烈的演变，从不停歇。我要你的甜，你要我的绵，择善而从，同道并行。相遇，相识，相融，一起蓬勃发酵，一边变得柔软温润。木心说，"岁月不饶人，我也未曾饶过岁月。"豆豉也有这样的任性：时间你无情流逝，而我在慢慢变得更好。

终于有一天，豆豉涨到近满盆了，颜色变得微红，像晚霞映在上面。这以后，就不用母亲搬来搬去晒太阳了，豆豉盆放在屋内一角，谁来讨就给谁。用盆做，是少的，大多数时间，母亲是小瓮做的，有时候还会做两瓮。因为做得好吃，除了做儿女的我们，邻家壁舍都来讨。你一盆，她一碗，吃完再端着空坛子来讨。母亲说："不值钱的豆豉，吃吧。"

夏天做的豆豉，能吃到冬天，吃到春天，吃到来年又做了新豆豉。

村里的婶子大娘也做豆豉，但有的做了不好吃。有人跟母亲来讨配方，但同样的"配方"，有些人还是会把豆豉做酸了，做咸了，做得长了白毛了。有人干脆把原材料准备好，请母亲到她家去做。或者，直接来讨做好的豆豉。

豆豉别名"幽菽"，雅雅的名字。"五味调和，需之而成"，它是上等美味中不可缺少的调味品。豆豉的制作，据说是始于秦汉。南北方都有做豆豉的习俗，因此各地流传着不同版本的传说，或凄美，或悲壮，给了豆豉丰富的人文内涵。第一个做豆豉的人，该是和制酒的杜康相似，在偶然情况下，品尝到了黄豆发酵后的美味，才动脑筋制作出了豆豉吧。只有事事亲为的劳动人民，才有可能创造出这样接地气的美食。

豆豉不仅可以食用和调味，还可以入药。《伤寒论》《肘后备急方》《本草纲目》都有关于豆豉、淡豆豉的记载。豆豉可以"升肾阴以降心热，疏散上焦闷热"等功效。

而对于我们，豆豉就是一道宝菜。它最初的绝配是葱。无论葱白还是葱叶，蘸上一点豆豉，咬上一口馒头，平平稳稳的日子就可以生出"夫复何求"的感叹来了。

豆豉绵软香甜微微咸，几乎可以和任何食材搭配。苦瓜、洋葱、黄瓜，蘸豆豉都好吃。豆豉还可以拌面条，可以代替炒菜的盐，还可以，抹在馒头片上做成中国式"三明治"，这种三明治，比西方的更有营养、更实惠、更符合我们的口味。

我上高中时，住校，每次开学，母亲都会给我炒豆豉。大铁锅里倒上一点油，半热时把豆豉"嗞啦"倒进去，不停搅拌。柴火慢慢烧，豆豉开始噗噗冒泡，颜色更深，更红。母亲还在豆豉里拌上煮熟的花生豆，等于在绮锦上又绣了几朵花。很多同学都知道我的豆豉好吃，直到毕业多年还会有人跟我提起。

记忆中，从前村里很多人家的饭桌上，就是摆一碗豆豉，然后一天三顿饭就结束了。那时候不讲究营养均衡，吃饱肚子就很好。生活越来越好，多数人不再做豆豉，超市里买一瓶豆瓣酱可以吃上好久。但母亲知道我们恋着多年的味道，知道我们喜欢看着白馒头变成红豆豉，也相信我说的"人要吃一点发酵食品"，所以，还是会在酷热的三伏天蒸馒头、发黄豆、选西瓜，在天气连续好的那几天，做一大盆豆豉。并准备干净的空瓶，装好，分发到我们的餐桌上。

七十多的母亲从来不发怵劳动，更何况做一盆豆豉呢！我们去了，要吃豆豉，她就去院子里拔葱，在水龙头前洗净。这大葱蘸豆豉，会让我们把母亲新出锅的馒头吃个所剩无几。

　　山珍海味有吃腻的时候，母亲做的豆豉，却从来都是心头的明月光。它的做法朴实无华，它的香味悠远绵长，它的营养实实在在。一年四季，年年岁岁，豆豉为我们守护着童年村庄的烟火味，诠释着人世间最无私的母爱。

　　西郎里村在深州城东 1.5 公里，是一个只有千余人的村子。它和许许多多村庄一样，在春夏秋冬里变换着模样，送走了无数老人，迎来了无数小孩子，又把这些小孩子送往村外。

　　我小时候，村子里有一个大水塘，夏天塘里长满了碧绿的芦苇，胆大的男孩子会跳进水塘"打扑腾"（游泳）。炎热的夏天，知了在柳树上叫那些孩子上岸，可孩子们早习以为常听不见，任由黝黑的身子游在水里。苇叶还被村里人采来包粽子，苇叶包裹着江米、黄米、米谷和大红枣，在大铁锅里蒸熟了，香气弥漫。那时我们不知道屈原，只为那糯香的美食，就完全有理由盼着过"五月单五"了。

　　生产队里的钟声经常响起。钟声一响，大人们就都到生产队的大院里听队长分活儿或是分粮食、分蔬菜。大院里有一大堆轧过的黄豆棵，连皮带豆堆成一个小山，上面盖了塑料布防雨。一天夜里，我跟着一个同村的小姐姐跑到豆山前，偷偷掀开塑料布，在豆山的边缘捡起了黄豆，捡了有小半搪瓷缸，怕有人来，就匆匆离开。我们跑到生产队的胶厂，找到她车间里的姑姑，姑姑帮我们把黄豆摊放在一个铁台子上，不一会儿，豆子蹦起来，被烤熟了，那豆香浓郁得让我害怕起来，生怕生产队的人会顺着香味找到我们这些小贼。

后来，大人们再不用成批成群地下地了，因为生产队的地都分到了各家，各家可以根据自己的时间安排去地里劳动了。从此，我们这些小孩儿也不再是满街乱跑的小疯子，每当不上学，就要跟父母下地。星期一到学校后，还要交流"昨天你干的什么活"，没有下地的同学是会被人瞧不起的。给玉米提苗（间苗）、给棉花打杈、给花生锄草，我们样样能行，哪怕慢，也是替了父母，减少了他们的辛劳。拔麦子、掰棒子、摘棉花、刨山药、串花生……农村里的人是使用动词最丰富的人群吧，这些动作，都带着收获的喜悦。

西郎里村的傍晚，沙土岗上，驴车、牛车在西天红霞里慢慢往村子里走。车上坐着劳作之后的大人小孩儿，那个时刻，身心是最愉悦的。秋天，牲口车驮着高高的花生秧垛，人坐在高高的垛上，一边随着车摇晃，一边从手边摘下新刨的花生，剥开来，露出粉红的花生仁，塞进嘴里，微甜的清香散发出来，越嚼越有味儿。刨山药（红薯）要先割山药蔓，把山药蔓向一个方向拢起，露出地表以上的根来，用长镰刀斜着向上割，每一声清脆的声音响起，地上就多出一个竖起的橛子，它下面就是一串大大小小的山药。闲下来时，我和妹妹时常把山药叶摘下来，左右掰折，拉扯成一条条"玉链"挂在脖子上、耳朵上。棉花开了，那不是它真正的花，而是棉桃里吐出的棉絮。摘棉花就是从裂开的棉桃碗里把棉絮一朵朵摘下来，那是一件听上去很美做起来很累的事。因为每家的地都很多，一喷棉花一般要摘两三天，人腰酸腿疼——腰间系着大包袱，棉花塞了又塞，怎能不重？麦子熟了，人们把大片的麦子收割打捆，又把一个个麦捆儿变成高高的麦秸垛，麦粒装进口袋，装上车，去城里交公粮，多的存在家里。秋天去玉米地里掰棒子，玉米叶子大多已经干了，它们的边缘常常会在手上胳膊上划出一道道浅浅的血印。

从村子到城里，都是弯曲狭窄的土路。我和妹妹经常骑自行车去城里买书，每当回家，从远处就能看到西村口那几棵高大的白杨树。这些杨树不知长了多少年，擎天柱一样，有叶子的时候它们就像一把把大伞，在风里撑着，等我们从远处跑回它们伞下。冬天落了叶，那些光秃秃的枝子像母亲的手臂一样，一下一下摇着，招呼我们平安回去。这几棵大杨树，简直就是进入村子的指路标。

西郎里村分为西头、北头和南头，南头又叫"茶棚街"，不知那里藏着多少故事。因为村子小，家家户户都认得，哪家的孩子考上了大学，哪家的孩子淘气，哪家的人去世了，哪家添了小娃娃，马上就都知道。农忙季节，"揎忙"是最寻常的事。人们也没有高宅大院，大门总是敞着的，谁愿进谁进。

在父亲的努力下，西郎里村的乡亲们从只种小麦玉米开始种植果树。苹果树、梨树、桃树开始在小村蔓延，村庄美丽起来了，乡亲们富起来了。

我在外上学，去城里工作，结婚，生子，周末还是会回父母家，帮他们疏花、疏果、打药、摘苹果。每年秋天，收苹果的货车开到了地头，人们在客商的看验下，把新摘下来的苹果套袋打箱，上称装车，换成一沓沓人民币。有些人不接受地头价，愿意把苹果再保存一段时间，等价格合适时再出售，于是，大大小小的拖拉机载着一筐筐苹果进了各家院子。怕苹果在颠簸中滚落下来，还要在满筐的苹果上覆上旧被子。

院子上空拉起黑色丝网，下面的土地被整平，铺上塑料纸。成百上千斤苹果被一个个整齐地码起来，继续接受阳光，上色。如果能放到近春节，肯定能有一个满意的价钱。更有耐心的村民，会把苹果小心地贮藏到春节过后，蹬着三轮车一车车去集上零售，那时的价钱，往往让在秋天卖完苹果的人眼红呢。

西郎里村的东北方向，有一所学校，从前人们给它叫"大学"，我记事时起，它就是"西郎中学"了，附近几个村的学生都在这里上课。校园坐落在沙土窝中，一到春天，沙土漫天，"一年要吃半个坯"。校园外的矮土墙外栽着一圈刺槐树，五月，素花串串，还没进校园，就被香气陶醉了。校园里种着蜀葵，在每个教室的窗下开着红红的喇叭。爱唱歌的男生女生从校园的大杨树或泡桐树下走过，只要不是上课时间，他们的嗓门就特别大。后来，学生们到城里的镇中去了，西郎中学不复存在，这片房子先后成了养鸡场、塑料加工厂，直到成为一片废墟。定居北京的斯如回老家，曾试图和我一起去寻找西郎中学的旧颜，悻悻而返。

由"狼和狐狸经常出没"的荒野变成有人居住的西郎里村，其间经历了多少年已不清楚，但从麦子村变成苹果村，时间仿佛就在弹指一挥间。如今，轰小驴车的农民开上了小轿车，西郎里村的大片田地被城市用地、企业用地占去，它的面积越来越小，一幢幢崭新的高楼开始在村边耸立。几条出村道路被截断，圈进了新的楼群围墙。随着新民居建设，村里的房屋将消失，村民都要搬到更明亮干净的高楼里去。

那时，村口这几棵白杨树，也将倒在轰隆隆的机器声中。

西郎里村再没有长满苇子的坑塘，没有生产队里的豆山，没有村前村后的苹果树，没有开满刺槐花的校园。回西郎里村，再也找不到回家的土路。甚至，将来说到"西郎里村"，人们的印象里，再不是那个安卧于麦田果园间的村落，再没有炊烟，没有鸡鸣，没有大人在街巷里喊孩子回家，没有高音喇叭通知谁谁去供销点领汇款单，没有谁家有丧喜事画在家家大门上的"某某酒"，没有"去村西""去村南"的对话……

只有在夜深人静的梦里，高大清秀的白杨还会在西村口，在四季的风声里，一遍遍召唤我回家去。

第四辑

# 缕缕阳光

# 韶华牡丹

那年去洛阳看牡丹，去得晚了，满园只剩下几朵，挣扎地开着。幕后卸妆的伶人，去了脂粉，更老了，唯有那光鲜的戏服，猎猎地想夺人目，想给你讲戏里轰轰烈烈的繁华。

二姑家的院子里种了一棵未过膝的小苗，姑夫说是牡丹。于是盼着有一天能看到灼灼开放的大花朵，看到真正的国色天香。然而这种花也许不好养，我始终没看到。

看牡丹的画也看得多了，匆匆一扫，便觉浓艳华贵，就像早年间村子里娶亲的大红帐子，一幅幅挂满了墙。我还想到雪小禅一直赞叹着的大红大蓝的大花布，不喜欢。

待到进了陈先生的空间，每篇原创日志都一一看了。古诗有古意，新画有新境。他也画牡丹，一幅幅争奇斗艳。

不懂画。看到这一幅，停了一下，震撼到语塞。每一片花瓣都力图向阳光伸展开去，红是生命里的红，红到无以复加，艳得淌出血来。不是相思的血，更不是拼杀的血，是对生之热爱的血。这艳艳的红色，让人热泪盈眶。除了红，别的颜色都做不到这样痴狂。

红花上的粉白，是阳光照射下的透明的红。看花人站在最合适的角度，看到深红浅粉——人也爱，阳光也爱，因为它是牡丹啊。红得凝重，但它不笨拙，它只是雍容华贵，端庄文雅。粉白，让牡丹轻灵起来，几欲凌空。因此它又不失俏皮，在厚重浓郁的气息里，播散一抹浅浅的清凉。这是花仙子呀，微丰的体态，飘飘的裙袂，肥美又空灵。

怒放的花朵让人相信，世上没有什么不可以，只要向上，只要有一颗爱着的心，阳光一定会扑满所有人的胸怀。那些花骨朵，还未绽开，就已经吐出如火的热情，犹如所有不怕空付的青春。

花朵之下，是春意盎然的叶子。画家用墨点染叶片，繁密而有致。若不是有十分的用心，断然不会画出这样有风骨的叶吧？从小小叶芽开始，叶子就不断地吸收养分，顶着风雨阳光努力生长，它坚信会有一天捧得出美艳如斯的花朵。而今繁花在枝，叶子依然灼灼，不自傲，不偷懒，为着美丽之后的美丽，为着惊喜不断出现，生命里哪一个轮回都值得珍惜，哪一季美丽都值得追寻。默默的叶子始终相信，并在每场过往的风中深深祈盼着。

不用绿颜料，用深墨淡墨。浓绿之浓绿，就是最有力量的墨绿了。再浓，就是经典的黑。黑也是极美的，是有太多想象空间的颜色。

叶子下面，寥寥几枝，那是花与叶的依托。支撑着花与叶，向上挺立是为了争取阳光，旁逸斜出也是为了争取阳光，这样认真而执着的走向，注定了牡丹的千姿百态。画家没有过多表现，却让观画的人明了：所有美丽的背后，都有正确的坚守，那才是生命的方向。

花与叶，花与枝，构成了一大幅繁盛的牡丹图，热烈浓艳的气息扑面而来。然而在右上角，又画了一只蝴蝶，小巧的它翩翩而来，花香便顷刻四溢，满室都流淌着花的香、蝶的舞。

这不是画啊，这分明是唐代春日园子里，一场蝶与花的邂逅，表演给手持团扇低眉浅笑的女子。也不只是唐代，也可能，是今年的春末夏初洛阳城郊的小院里，一位银发皤然的老者，捻着胡须，笑望着蝶恋花，挥毫写下一首牡丹小令，明媚了整个小院。

这幅画，画者给它命名——韶华。

这两个字，深深感动了我。是呀，我们的生命，每一秒都是韶华好时光。站在韶华里，我们少些抱怨，多些付出、多些感恩，生命的每一天，都是美的，正如这灿灿开放的牡丹。

人到中年，又看到宣纸上的牡丹，忽然觉得一切俗的，终归还是最原始的状态。在俗的状态里悟出雅来，才能明白原来世间万物，都是美的。只是肤浅如我，有时自高自大了。

韶华不单指青春年少，人只要活着，哪怕已老态龙钟，依旧是在韶华里，依旧是沐浴着生命的花香。灿灿韶华里，牡丹怒然开放，我们的生命也应如此，不抱怨，努力地做自己能做的，不负这生之韶华。

宣纸上的牡丹摇曳生姿，在软软的褶皱里，嗅到香，分不清是花香还是墨香。

# 牛郎织女

你总在耕种，总在收获，总在冬闲时修理你的铁犁。你从不抬头看我，你说："我只为一年一次的相见攒下更多的礼物给你。"

可是亲爱的，起风的时候，你不知道是我在想你吗？下雨的时候，你不知道天空中有我的泪吗？你说："别总是太多愁，别总是自虐，我心里有你。"

收成好时，你笑，你把孩子抛得高高，你们在我的织机前嬉戏，你们的笑声传到天上，我不由得笑，天地间的花突然有了香气，云朵突然有了色彩。我说："我的牛郎，是快乐的。"

旱了，涝了，你愁，整日锁着眉，把孩子们训斥得像受惊的小鼠。我请云雀捎去我的问候，它站在你的树枝上啼叫，你听不懂，也懒得听。我请月光捎下银丝线去提醒你，你根本不看，一掩窗子，睡到天亮。我说："你是忘了，你是忘了我们的约定，要快乐，要坚持。"

每一次相见，你都那么开心，我也会为此流下感动的泪水。我劝你别太操劳，煮饭时别让烟熏了你的眼。你劝我别太多愁，让我相信我是你永远的宝贝。

相见的时候，就想到了分别的苦。总是泪纷纷，总是控制不住地抱着你不肯放手。你也总是要带我走，可是银河难渡，我是仙女，我听令于天庭。

我说，记得抬头看看我，记得在阴天的时候给我吹一吹屋后的柳笛，记得在我给你捎信去时给我个回复，记得我时常在看着你，想着你，爱着你，记得我走尘世一遭就注定我是你的织女。

你说，放心吧，我的织女，我是你永不变的牛郎。我一直在想你，但我尽量不去打扰。你要学会理智，再深的思念也只能等七月七的互吐衷肠。人间佳人无数，天上仙女很多，我只爱你，只爱你，你是我最后的爱。

然后我们笑了，真心真意地笑了，因为彼此的沟通。

你和孩子走远了，我还存着微笑。你唱着歌脚步轻快，看得出你的甜蜜皆是因为我。

春夏秋冬，一年一年，我们周而复始地上演悲欢离合。我是织女，我是仙女，你是牛郎，你是农人。我们是夫妻。因为那次相遇，你的勇敢，我们注定了一场没有尽头的苦恋。

我亲爱的牛郎啊，请你保重。我在天上看着你，一直看着你。

# 哥哥，带上我的山桃枝

哥哥，带上我的山桃枝。现在正是初春，桃花开得正好，漫山遍野的红像是你跟我多次念叨的旗。哥哥，你说你找到了真正能解救乡亲的人，你要南去，你要加入那支大军。

哥哥，带上我的山桃枝。我从山上砍下的这根枝子，你可以用它挑起行李，向着你的理想飞奔。你跟我说，你会回来，这里有你最亲的爹娘，这里有你亲爱的丫头等着你来迎亲。你会用山桃枝挑出一个新世界给我们。哥哥，你走后再也没音讯，我望着南方，魂牵梦萦。

哥哥，带上我的山桃枝。听说你找到了你的队伍，你快乐地烧火做饭、打仗行军，你爱你同甘共苦的兄弟们。可是队伍再次遭到了"围剿"，哥哥，你和兄弟们可曾逃离了坏人的魔爪，枪林弹雨中，你们可曾平安地离开了瑞金？

哥哥，带上我的山桃枝。除了挑行李，它还可以帮你在野地里赶走野狗、驱走狼群。绛红的山桃枝可以为你消灾避难。哥哥，我们的灾难还少吗，还少吗？本来，你可以在村子里种桃养牛，我可以不用这么望眼欲穿，苦泪纷纷。战争，让多少人背井离乡、痛苦离分！

哥哥，带上我的山桃枝。渡过赤水，你可以用它抽打敌人。战火硝烟里，你和兄弟们把生命置之度外，前仆后继，冲锋陷阵。我看到你脸上淌下的鲜血、胳膊上血肉模糊的伤痕。在战火中不死的哥哥啊，我的亲人！

哥哥，带上我的山桃枝。让它陪着你和兄弟们一起跟着领路人，在草地里，它会成为你的拐杖，支撑起你伤痛却坚强的肉身。饥饿曾经把你折磨成一个干瘦的人。你的鞋子，早已不是我衲的千层底，磨破了的草鞋啊，记着你的伤痕累累，也知道你的坚定万分。哥哥，夜空里的星星，是我遥望你的眼神，盼哥哥保重，这里有日日夜夜思念你的人。

哥哥，带上我的山桃枝。我才知道你的队伍叫红一方面军，你们要向雪山进发，远远地甩下敌人。饥寒交迫，茫茫雪原上只有你们！多少人被冻僵，多少人失足滚向山崖，哥哥，用我的山桃枝测一测雪深，哈气成冰的雪山上，你们可要保重再保重，跟着部队向前向前，山这面，有我们。

哥哥，带上我的山桃枝，让它跟着你走过万里长征路，让它见证一部英雄史诗，让它记住中国红军。可是哥哥，陕北会师时你在哪里，我握着山桃枝，却找不到哥哥你，我最亲的人！胜利的号角吹响了，可是哥哥，妹妹我去哪里找你英勇的亡魂？

你幸存的兄弟，接过山桃枝泪如泉滚，他们说，哥哥是好样的，在战斗中扛枪冲锋，奋不顾身，在行军路上，他总把自己的干粮分给他人，把身上的棉衣脱给最小的红军。他说他有个妹妹等他回家，他好想去见他心上的人。他的父母年事已高，他好想守在身旁尽孝晨昏……

哥哥，带上我的山桃枝，妹妹，已哭成泪人。我手握山桃枝，听红军讲这一路的艰辛，一次次看到你的英勇。二万五千里的征程上，有过多少哥哥这样的人！一位红军倒下，其他人又擦干眼泪继续前进。你们身后，有亿万受苦受难的人，再漫长的道路你们都要走，再艰险的征程也难不倒英勇的红军。

哥哥，带上我的山桃枝吧。一路上，有那么多不同民族的人，给你们送水、抬担架、敞开温暖的门。他们给你们领路，唱着民歌送别红军。是啊，你已不再是村子里的放牛娃，你是人民心中铁骨铮铮的英雄红军！

哥哥，带上我的山桃枝，你倒下的地方，必定是一片桃花林。不再有战乱，不再有苦难，千千万万的乡亲将在这里自由地生活，幸福地耕耘。哥哥，咱们的山桃枝在长征路上，走过一路泥泞，留下一路赤红，一路芬芳。

西府海棠

　　大院里有一棵花树，生长在政协办公楼的拐角处。暮春初夏，繁密的花朵缀满枝条，春色因满树海棠花儿而显得更深了。

　　后来知道，这是棵西府海棠。我想，西府便是从前大户人家的西边宅第了，那里住着知书达理的姑娘，她门前栽的海棠，便是西府海棠了。海棠初露蓓蕾，像小姑娘的总角时光，天真烂漫，简单无邪。待到花满繁枝，又如同是姑娘的豆蔻年华，明媚，温婉。如锦的繁花在阳光下软软低垂，又在春风里轻轻摇摆，真似"和羞走，倚门回首"的少女。而它身边居住着的姑娘，不知读了多少卷诗书，不知花枝下写下了多少首明媚春词。

　　然而，这只是我一厢情愿的想象。阳光明亮的春夏，润泽的海棠花并没有一点暗旧的气息。这时候，我也得知它之所以叫西府海棠，是因为它最早生长于西府——陕西省宝鸡市。真实的诠释胜过无根据的想象若干倍。陕西，旧时长安所在地，宝鸡，出土国宝重器"何尊"的地方，把我的思绪牵扯得老远老远。海棠花树也因地域的转换而增添了果敢、大气、坚强的气质。

　　春风吹开了艳红的花骨朵儿，花儿一瓣瓣绽放在阳光里，千百朵肥硕精致的复瓣花开满柔软的枝条。未绽开的红骨朵儿、盛开的粉红花瓣、刚长出的新绿叶子，在整棵树上不断交织、重叠，又互不相扰，把整整一棵西府海棠树打扮得热热闹闹。微风拂过，枝叶轻晃，一树繁华仿佛梦一样迷离。

海棠的美，非言语能表达，非丹青能摹画。宋代有人慨叹："几经夜雨香犹在，染尽胭脂画不成！"的确，海棠花深红浅红，有的开放如粉红小盏，有的含苞似胭脂小球，嫩叶新绿淡绿，颜色、姿态，除了它自己，还有什么手段能再现它的明艳、玲珑与柔美？人唯有站立于海棠之前，细细品赏，把自己变成其中一朵，随着漾漾春风，才能体会西府海棠的轻盈与美丽。苏东坡怜惜海棠到了痴迷程度，"只恐夜深花睡去，故烧高烛照红妆"，但夜里红烛又让海棠颜色失了真，比阳光下的花朵逊色许多。李清照知留不住好花，又闻夜雨，以酒浇愁，凌晨梦醒，徒叹"应是绿肥红瘦"！

冬天，西府海棠卸去所有，只剩下灰白枝子。默默保持着花凋叶落后的姿态，向上伸展，经受着寒冷北风、冰凉霜雪的欺凌。海棠倔强地举着枝子，把根深深扎向大地。海棠知道，这干枯的枝间，蕴藏着一树烈烈的繁花、一个声势浩大的春天。

花会谢去，叶会凋零，但是，有了花期里的欣喜相遇，无论何时，经过这株西府海棠，人们都会把那些美丽、繁密、清香的花朵们再回想一遍。有花爱花，无花盼花，这一年四季，便是幸福快乐的了。海棠不会辜负喜欢它的人，在灰阴天幕的冬天，积淀自己，等待春风。

西府海棠，这鲜艳柔美的花儿，也开在政府大院里，陪着来来往往上班的人。它的美丽，它对爱情的完美阐释，它于严寒中的坚守，都让娇而不媚、柔而不弱的它，成为满园春色里独特的一枝。

# 绣初春

从阳光的针线盒里抽出一根绣花针，从今天开始，绣一幅春天。

风拈起嫩绿的丝绒，长长的，从这边跑到那边，从墙角跑到渠岸，一遍一遍，小草叶慢慢在大地上出现。一点一点，草芽由尖到圆。风穿行在空中，钻过梧桐，拂过柳，刷过杨，在枯枝上缠来绕去，绿的丝绒浅浅洇开，树们，都变软。

燕子也来穿针引线，它选中娇黄的颜色，认真地绣啊绣，绣出迎春枝上小小的花骨朵。花骨朵努着嫩黄嫩黄的小嘴，等候再一次春风经过时就绽开笑颜，它们要用灿灿的金黄迎接太阳的恩典。燕子轻巧的翅膀，必是沾了云外的天香，它们滑过的每一寸空气，都喷喷香，淡淡暖。

风，用白棉花绣出漂亮的云朵，用玫瑰瓣绣出夕阳，在夜空，用宝石绣出星星，用金子绣出月亮。天空顺承了二月的意志，辽阔苍茫，春天的气息，被绣线牵扯到千里万里，远远长长。

初春的阳光晒在高楼上，每一个窗格子里都住着一户人家，他们五彩的衣服飘摇在阳台，大人的挨着小孩的，衣服后面，有新蒸的米饭散着淡淡的香。

窗外，栾树等待发芽，门岗房的红顶，每一个侧面都用红色解释深浅不同的阳光。在初春的二月，栾树和红顶房开始交流，隔着一座大门的距离，他们也许谈一场轰轰烈烈的恋爱，也许，只是守望。

在初春，去爬山，去涉水，去任何一个我们愿意去的地方。生活的绣布本是平平，好在我们有的是丝线，绣吧。每绣一根，都把生命缝得密实，丝丝线线网住一份青春的记忆，每一回首，都是无怨无悔的俏模样！

初春里，看高天上云流，听小河水淌。甩甩头发，让刚刚开始湿润的气流扑满微笑的明净脸庞。如果能与你相遇，我会笑着和你打招呼：嘿，初春了呀，你穿着素淡的衣裳，好漂亮！

微风吹啊吹，吹开一脉温柔河水；微风绣啊绣啊，绣出一幅旖旎春光。

如果似曾相识，而从前并未谋面。那就由不得人猜想前世了。要不然，找不到这样相通的原因。肯定是前世放了一缕情丝在彼此的命里，几番轮回过后，它依然隐隐地散发着阳光的暖，细雨的湿。暖而潮湿，氤润了今生的相遇。

起初是不经意的。忽一日，那缕丝就荡起来，痒在脸上，蛛丝一样，抹了又抹，抹不去，只好找水去洗脸。毕竟是洗不掉的，心里的痣。

有些人，在前世立下了海誓山盟，约今生，今生却再也遇不到了。前世铸了一辈子剑，雌雄两把。那男人把雄剑背在身后血气方刚地找来找去，今世早没有持剑的女子。大笑江湖实在是太潦倒，不如在窗前绣花，绣花开富贵。就算偶尔抬头，窗外一脸愁容走着的背剑男，也与她无关了。

前世的簪子折成两段，今生却再也找不到肯拿着半截簪子的男子。痴情的女子总是希望着有人慢慢地从怀里掏出一支半旧的簪子，说，我找了你好久好久，终于找到你。希望是希望，现代人，哪里有时间为了一支旧簪子东奔西走呢？购物中心有的是带亮钻的发卡，在网上拍一支头花连屋子都不用出。

前世含泪带血的相思，到了这一世，都忘了。谁也别怪谁，不然，要有多少舍家抛业的追寻呢？人们全都为了找前世的恩爱情仇，把这一世的人全辜负掉，造物主没有那么笨。

只是有些人很幸运。走着走着，断桥上遇上一个人，说不清楚地喜欢他，于是借他的伞一起走。晴天遮阳，阴天挡雨，这女子的鬼花招可以做到滴水不漏。

走到谁也离不开谁。男子说，其实我早看到你了，我觉得你会向我来借伞，果然言中。

果然言中的原因，不是男子的等待，不是女子的勇敢。是前世那一抹丝，轻飘飘的，就落在他们心里。就算他们已忘了前世也没有关系，那条丝横亘在他们面前，就算没有风吹来，也能舞起幸福的舞步，鬼使神差一样，越缠越紧，把他们围成一个洁白的茧，慢慢羽化成蝶，是今世里幸福的飞花。

从宋代飞来，两只蝶，命里的飞花。那么美。

# 秋颜色

风在林子里歌唱，东山换上了多彩的衣裳。

亭亭的杨，由红芽初绽，到绿叶繁茂，到所有的大叶子悄悄变黄，四季为众生涂抹着缤纷的色彩，哪怕它只是一棵普通的杨。那硕大的黄叶，金子没有它的柔和，油脂没有它的光亮。那一层蜡染的浓艳啊，比热恋中的爱情更奔放。风，软软地掠过杨叶，拂过妩媚的金黄。

五角枫，站在高高的山上，薄薄的叶子美丽而细致。红叶，是一片冲天的热情火焰，是题诗千首也表不尽的相思衷肠。那红褐的色彩啊，在阳光下展翅欲飞，透明透亮。风，游过五角枫林，战栗着的，是火红的青春梦想，是那日永不消退的红色霞光。

三叶草眯起眼睛在路边张望。秋来了，再也穿不起这碧绿的锦装。趁这衣色还青翠，有谁来听我轻吟，有谁来看我舞动绿的裙裳？秋的绿，是最后的生命呈现，就算是飞蛾扑火的悲壮，也要把它演绎成最华贵的篇章。风漫过三叶草，推起一层层波浪，那绿的微波此起彼伏，是一段又一段迎秋的诗行。

篱边的牵牛，爬出清晨阳光，举起喇叭深情地歌唱。那紫红的面颊微仰，在秋光里诉说着纯纯的盼望。那蓝紫的花叶，再找不到忧郁的泪光。因为它小小的心里，装得下万紫千红的春色，也敢迎接一阵又一阵的秋凉。风拂过牵牛藤，摇响一片淡蓝浅紫的铃铛，有幸福，不忧伤。

水边，一蓬蓬白色的苇花，一会儿与姐妹们紧紧拥抱，一会儿又独自翩翩飞翔。夕阳如血，岸边那片炫目的白，是一片雪似的苍茫。我们牵手谈心的那个秋天，苇花洁白，冷菊芬芳。风柔柔走过芦苇梢头，是心事在悠闲季节里轻轻摇晃。

今日东山，有一千种色彩在山间绽放，高高的树上，撑起的是各色美丽的翅膀。在湛蓝的天幕中，在我们的惊呼里，几欲做最美的七彩飞翔。我们仰着脸，看阳光里树叶晶亮；我们走在落叶林间，听溪水潺潺歌唱；我们倚在山石上，让相机记下我们永远年轻的模样。风吹过植物园，吹过色彩斑斓的美丽秋光，化作生命里最快乐的收藏。

风在林子里歌唱，东山换上了多彩的衣裳。

# 别告诉我春天

别告诉我，明天就是立春。别告诉我春天正赶往这座小城。

小城里没有山。如果有，就让山像小赖皮一样虚挡一下春光。那样我就可以在小山的这一面，慢慢地梳头，慢慢扎起碎花的头巾，再唱着歌儿赶着羊群上到山尖。阳光把远处的树枝照得清晰而透明，我的头发也亮亮地闪着光，几乎有些发烫。绿草一寸寸从山脚把春天漫上来，漫上来。而春天毕竟是急性子，等到淹了羊群咩咩的叫声之后，便再也忍不住急性子，从山顶一泻千里，把她的气息铺天盖地地强塞给这座小城。

这只是我的想象呀，而小城没有山。春天一来，一切毫无抵抗。街角树梢，大路高楼，春风会自由出入，来不及反应，它就攻城略地似的把冬天打个落花流水。我也不是童话里的牧羊女，我只是落在尘间的普通女子，只有匆匆地收拾，匆匆地准备，把冬天的事做个了结。而，我了结不了——在这个冬天里，懒散惯了，一直以为还有好多天呢，过几天再收拾也一样，可是怎么一眨眼，冬，就要走了呢？安还说要给我买一件最新款的羽绒服呢！

这个冬天的确美，因为春节是在大寒节气里，把春节安排在最冷的日子里，是上天的慧眼。你想啊，万物寂寥，树影烟灰，水泥楼冰冷，北风呼啸。在这样的冬季，人们把红灯笼挂起来，把鞭炮点起来，把烟花放起来，用春节的喜庆感染冷漠的深冬。冬天便换下枯寂的面孔，变得清雅而充满热情了。尤其是满街的红灯笼，在冬天的最深处燃起一片艳艳的红，直暖到人心里去。暖着的心，就莫名地喜欢冬天，喜欢生命里清凉简单的季节体会。

初冬的那一场雪，唯一的一场啊，以为还会有第二场，便没有急着去拍照。只在落雪的树下和孩子走过，只在车窗内指给安看冰雪天地里的雾凇。现在雪早消融了，连张照片也没留下！匆匆的日子里，有多少风景会错过啊？

这个季节是那么纯净、坦荡、无欲无求，一场风过就能让万木放下争斗的心，一场雪来就能掩盖所有的美丑。万物在这个季节重归平等，静静地相守，暖暖地相对。冬天有阳光，有寒气，它们一起承担。

冬天的高速路上，灰色的树枝是水印的画。长卷铺开，一直铺开，一直在车前往前铺往前铺，无边无际。我喜欢辽阔，我喜欢树影在辽阔的天地间自由地作画。人在画里，或鲜艳，或淡雅。鲜艳淡雅的是衣服的颜色，而内心，绝对是平和安详。

冬天的阳台，晾衣架上是两阕婉约的词。大人的衣服，小孩的衣服，是暖暖的长短句，平平仄仄，把一家之中的温馨甜蜜更吸入了阳光的七彩，柔柔地沐在冬季的玻璃里，相依相偎。

冬天的办公室，一瓶绿萝是最得宠的精灵。冬天凋了银杏凋了柳，却容许一蔓柔柔的水生的植物伴我每天每天，让翠绿的颜色潜入我的灵魂，告诉我，没有一颗丰盈的心可以孤寂。绿萝陪我更好地前行，不负春草，不负夏花，不负秋果，不负冬天这明亮亮的阳光。走入室内，冬天就安静地在窗外守候，拖了地，擦了桌，面对电脑，做我愿意做的事。

冬天，亲人们聚在一起，吃呀喝呀，说呀笑呀。女人们炸年糕、汆丸子，男人们打麻将推牌九，老人们看大屏幕的电视，小孩们抢着上网玩游戏……玩吧，乐吧，一年了，平平安安团团圆圆想怎样就怎样吧！广场上的人有锻炼身体的，有放风筝的，在寒气里，他们笑着，天那么蓝，城标那么红。晚上有人来看熠熠闪光的霓虹灯，有小孩子们比赛滑旱冰，有青年人跳交谊舞，有老年人敲鼓扭秧歌……在冰冷的寒冬里有一份欢乐在膨胀，小城要沸腾起来。

冬天的深夜，我还清醒着不肯睡去，在电脑上打下我的心情。世界静谧，有些词句跑来，却写不成一首像样的诗。那就不写吧，随心随意地，就算坐在这里发几十分钟的呆，也是恬淡的。等到他把电视关上，叫我，我再关机进卧室，走进他的鼾声里，也是幸福的呀。

冬天，这么美的冬天，容我在冬天的壳子里好好地闭眼享受，做一条慵懒的虫子。你怎么竟然告诉我，明天就是春天了呀！

我还没有准备，我还没有收拾，我还没有跟冬天告别，我还在它的臂弯里发懒呢！怎么，你竟告诉我春天要来了呢！

不是我不喜欢春天呀，实在是我也喜欢冬天！

第五辑

# 亲亲热土

　　滹沱河在冀中平原翻转滚动，滔滔东去，所过之处，留下细细软软的白沙土层。深州就曾经得到滹沱河的浸润，虽然历尽沧桑，河流远去，这片土地在勤劳人民的手中，却变得更加美丽富饶。

　　春节过后，寂静的桃园舒活起来，桃农们开始搬着高凳、拿着修枝剪下地剪枝。"咔嚓""咔嚓"，落地的枝条拍打着沉睡的地面。"桃树费剪子"，修剪桃树和修剪苹果、梨树不同，剪枝时一般是留小枝去大枝，因为小枝结的桃子相对要大一些。手上没有力气、修枝剪质量不好，都会影响剪枝的进度。为了让将来的花果更好地采光，桃农把树枝修整成最合适的角度，修剪后的枝枝杈杈疏疏朗朗，姿态优美地舒展在空中。不用长叶，不用开花，经桃农修剪的桃树，本身就是婀娜在深州大地上的一首好诗，一幅好画。

　　桃农的脚踩在地上，剪掉的枝落在地上，大地苏醒，变得温暖。经过春水灌溉，桃根在沉寂了一个冬天之后，开始萌动。在花芽萌动之前，家家户户支起大锅，用硫黄和石灰按比例熬制石硫合剂，为桃树喷打第一次农药。石硫合剂能杀死树干里越冬的病菌，为桃树的生长提供干干净净的环境。喷打石硫合剂的时间不能太早，早了起不到杀菌效果；不能太晚，晚了，娇嫩花芽就会受到伤害，悲惨夭折。喷打石硫合剂的桃农把自己包得严严实实，只露出两只眼睛，即使这样，有人也难免会痒。

春风吹到了深州。花芽舒展开花瓣，千亩桃园，连成一片粉红的海洋，把整个深州掩映在桃源仙境之中。远远近近的游人慕名前来，参加春光里最最动人的桃花盛事，做一回桃花仙子，做一回桃花仙郎，做一回桃花灵童，做一回桃花寿星，反正，跟桃花沾上边，美丽幸福就跑不了。而此刻，桃农也到了忙碌的时候——采花授粉。

蜜桃花是不能独自完成授粉的，必须借助人工。桃农要在最佳时机采摘到大量其他桃树（如十四号、久保等）的花朵，去掉花瓣，把花粉收集起来晾干。花粉装进小瓶里，挂在胸前。在细长的铁杆或高粱秆的顶端绑上一个蘸取花粉的装置。有的人家用香烟的过滤嘴儿，有的人家用自制的小纸筒，有的绑上稀疏柔软的布料。桃农站在树下或登着高凳，轻轻蘸一下胸前瓶里的花粉，举着细杆把花粉送到每一朵蜜桃花前，轻轻在花柱上挨一挨。不能太重呀，那些花柱很娇嫩！

他们从早到晚，仰着头，一朵花一朵花地光顾，围着一棵桃树要劳作好半天。脖子酸，眼睛疼，但是，他们心里是美的，每点一朵花，就可能点出一只硕大的蜜桃。

在桃花林里劳作，身前身后身左身右，都是粉红的桃花，都是盈盈的诗意。何必去争那首"人面桃花相映红"出自哪里，深州的桃农日出晚归，才没有功夫计较。深州的村子里走出的姑娘个个如桃花俊美，何必浓妆艳抹，饮着桃花茶，擦着桃花粉，自是清新又端庄。深州的男儿，喝桃花酒，练桃木剑，走到哪里，都是一身胆气、光明磊落。没有

"人面不知何处去"的伤感，深州的桃农，历经千年，依旧有"桃花依旧笑春风"的豪气！花落时节，红霞坠地，随微风飘舞的不是忧伤，是成熟的欢喜。

夏天，绿桃子挂满枝头，在炎热的太阳下储藏养分和甜分，整个桃林沉默稳重，默默生长。但桃林并不寂寞，桃农还会时常光顾，为它们浇水，施肥，打药。七月中旬，为了防止病虫害，桃农给每一只桃子套上特制的纸袋。桃的果柄短，为了不伤果子，纸袋要系到枝上。套袋也是个技术活儿，不能只图快。小小的蜜桃有了纸袋的保护，有了桃农的精心护理，安心地成长。到了八月中旬，桃农又开始把纸袋除去，让蜜桃接受阳光照耀，上色，增加糖分。

八月底，蜜桃成熟。收购蜜桃的大货车开进了村子，下园采摘的游人钻进了桃林里。好多家快递公司都把业务做到了地头，直接在桃林里装箱，把闻名四海的深州蜜桃运送到祖国各地。这个季节的桃农是最快乐的，他们一年的辛苦终于换来了甜蜜的收获。

如果蜜桃还没有熟好，有客商即使出了高价，深州的桃农也不会卖给他。因为大家都知道，桃子过早采摘，客户吃到嘴里的蜜桃不甜，那是砸"深州蜜桃"的牌子，他们绝不会为一己之利去毁掉大家的这个品牌。

为了让深州蜜桃好吃，桃农在投资上绝不含糊。除了施有机肥，桃农还会为桃树施加"麻酱"——香油坊榨出的油渣。为了果面美观而没有农药危害，他们甚至为果树喷洒牛奶。蜜桃成熟期间，家家户户在地里搭起窝棚，随时迎接客商。有的还盖了彩钢瓦房子，里面水电俱全。他们说，客人来了，尝个鲜桃，总要让人家洗洗手吧！蜜桃卖完，临时小房子也就拆了，他们绝不嫌麻烦。

深州蜜桃与水蜜桃等其他桃子果型不同，它个头大，顶部带一个歪尖儿。来到桃园，摘下一个，咬上一口，人们会发现它与众不同的甜和香。深州蜜桃的含糖量高达 13%～18%，含有葡萄糖、果糖、蛋白质、维生素、胡萝卜素、钙、磷、铁等成分。成熟的蜜桃用刀切开，桃汁汪然而不滴。"桃饱杏伤人"，是说桃子养人，吃多也无伤害。但是热心的深州人会告诉你：吃完桃子不要喝凉茶水。但如果来得不是成熟季，也不要紧，这里还出产美味的桃罐头，吃一瓣在嘴里，亦是神仙。

授粉不良的蜜桃花儿结成了"桃奴"，桃奴比桃子小好多，稍细长。桃奴虽然丑，但非常甜，因为桃奴结得少之又少，更显珍贵。

冬天，桃叶谢尽，虬屈枝干透着凌寒不变的风骨，凛冽的北风吹过枝丫，在远处的天幕上画下一棵棵枝干的倩影。这样的美，又何尝逊色于春夏呢？

桃农在冬天也不偷懒，他们要在大地上冻之前为桃树施肥。在桃树下挖出放射状的沟或围树挖几个坑，把肥埋进去。万物萧瑟时，他们穿着厚厚的冬衣为桃树剪枝，冬天把大部分的枝修剪完，来年春天，活计就轻松些。

旧时深州，在出现"凌消暮霭"美景的北溪村乡，也种植深州蜜桃。蜜桃汁甜味美，后来由于交通不便无法运出，桃树渐渐被其他作物代替。现在，深州镇的北安庄、西杜庄、旧州、礼门寺、西郎里、利仁村、小曹庄，穆村乡的西马庄，辰时镇的温庄、辛村、北章，东安乡的清辉头，唐奉镇的北大疃等村都种植深州蜜桃，其中最负盛名的，无疑就是西马庄村。

滹沱河的泥沙，北纬 38 度的气候，勤劳智慧的深州人民，成就了"深州蜜桃"。年年岁岁，桃树在深州大地上稳稳扎根，开花结果，和这里的人民一样，不卑不亢，迎着朝霞暮雨，每一步都走得踏实稳健。世事喧嚣，深州人却总能拥有一片桃花源，栖息他们干净宁静的心灵归帆。而勤劳智慧的深州桃农，正是这片桃花源里最自豪的主人，最幸福的神仙。

# 大年初一

人还在梦里胡乱编排出春晚片段，隆隆的炮声就从远处滚滚而来。随即，近处的鞭炮也被突然点燃，噼里啪啦在窗外响起——龙年第一天的早晨来了！迅速起床，跑到书房里，读书。

不是非要等到大年初一开启用功模式，事实上，每天早晨五点半起床已是多年的习惯。不仅我，所有的领读老师都会早早起来，在微信读书群领读，然后发起接龙。接下来，群里就陆陆续续出现了人们的读书声，你一句，她一句，读完当天内容就去接龙。接龙越来越长，直到全群人的名字排成一队。今天，我在喜庆的鞭炮声里早早读完几个群，高高兴兴去煮饺子。

爱人起来了，帮我倒醋；孩子们也起来了，摆布餐桌。各个房间灯光明亮，窗外烟花此起彼伏，或长或短或尖或钝的烟花爆竹声，把"年味儿"烘托得很有气氛。国泰民安，繁华盛世，就该是这个样子呀。

今年是儿媳妇进门第一个春节，当然要包一个大红包，两个儿子也不外摆，小红包也要有。只要我们在，你们都是小小孩儿，压岁钱咱不落下。孩子们祝他爸身体健康、工作顺利，祝我身体健康、事业有成。

普普通通的祝福语因为他们仨的表情而显得分外顺耳，好吧，龙年，我们就身体健康、工作顺利、事业有成。

麻利地洗完碗，五口人一起出发回老家。公路上的车很多，都是回家拜年的吧？汽车在飞奔，烟花在田野那边起起落落，真美呀。

老家里，公公婆婆早打扫好了院子，桌上摆好了糖果瓜子。我们兄弟妯娌凑齐了，开始在村子里转。

加上叔伯妯娌和儿媳这一代，我们的拜年队伍有8人。走在村子的街街巷巷，经过玉米囤、杨树林，说说笑笑，走走停停，这一年的喜悦都愿在这拜年路上说一说。到了长辈家，吃一颗花生，嗑两粒瓜子，说"过年好"，说"院子真干净"，说"屋里真暖和"，说"谁谁过年回来了"，一团喜气，每个人都笑。安居乐业，岁月静好，全在这里了。

我们还没转完，他们兄弟仨就带着儿辈去坟上了。大年初一去祭祀祖先，告诉先辈现在的生活，让他们放心，感谢他们为了今天的幸福生活而付出的艰辛，同时也把美好祝愿遥寄给他们。记得爷爷在世时，每当除夕，婆母带我们包饺子时，爷爷总会颤巍巍端来一把茶壶，再洗上几个杯子，给我们倒茶水，等水温正合适了，就招呼我们喝。过年包饺子本来都是我们婆媳的事，却因为这温暖的茶水，让我多年来每当过年就想到慈祥的爷爷。

准备大年初一的午餐是一项大工程，需要多人参与。妯娌仨有的洗菜，有的切菜摆盘，有的守着灶火煮呀炒呀。蒸鱼、红烧肉、炖羊排，电磁炉、天然气灶，大锅、小锅，都利用起来。叮叮当当，扑哧扑哧，砰砰砰，哗啦啦，孩子们在笑闹、公公在哼戏、小伙儿们在院里拉小鞭，汇成了院子里最热闹的交响乐。七十多岁的婆母坐在灶前，负责添柴烧水。我们不让她干活，她却说烧火是美差：只管坐着往灶膛里添柴，又暖和又享受。人们进进出出，来来往往，都怀着说不出的欢喜。

绿的蔬菜、白的果仁、红的肉类陆续摆到了餐桌上。一张餐桌是不够用的，得接连摆上三张。平时只有公婆两人吃饭，这一次，大小十八口人进餐。菜的样数多、数量大，就怕你吃不撑，就怕你吃不美。

公婆坐在桌前，笑眯眯看着满堂儿孙。在农村，养活三个儿子，想想也知道有多难。年轻时的他们冬天凌晨三点起床，收拾停当，公爹就骑着自行车驮着重重的货物去镇上摆摊，婆母穿梭在牛棚、猪圈、鸡窝、羊栏之间。他们不辞辛苦地劳动，只为能在庄稼之外多收入几个钱。

三房儿媳都娶进了家，公婆才算舒了一口气。现在，公爹每天出去骑自行车，在乡间路上锻炼身体。婆母下午会打半天麻将，不管输赢，乐呵是目的。孩子们隔三岔五回来，有吃不完的好吃的，用不完的好用的。婆母说："从前呀，哪里想得到能过上这样的日子！我和你爹可要好好活着，多多享福。"

公婆可劲地亲他们的孙子孙女，看到哪一个都爱得不行，就好像他们的孙子孙女是世界上最好的孩子。

饭桌上，公爹和儿孙们要喝上几杯。三弟总是会借着酒劲儿，跟我和他二嫂表达一番，感谢我们对公婆的孝敬，感谢我们两家对他们一家的帮助，而我和二妯娌也趁机表扬三弟和三妯娌。大年初一的午饭，成了兄弟三家相互表扬、相互感恩的时段。公婆在一边听着看着，满脸慈爱和欣慰。

收拾完毕，兄弟仨出去找本村的同学朋友了，小孩儿们有的睡觉有的玩手机有的打球，我们婆媳四个开始打麻将，嘻嘻哈哈，大着嗓门夸张地喊，只为一个开心快乐。来串门的邻居总会说："瞧人家这老太太，领着三房儿媳妇，真是威风呀。"

就是嘛，我们就是要让婆母成为全村最自豪、最幸福的老太太。

夜幕降临，兄弟仨还要和叔伯兄弟们聚餐，说一说过去一年来的故事和心得，展望新开始的这一年。无论天涯海角，他们六个就是这个世界上最亲的人。

返回城里的家，舒舒服服靠在沙发上。看看微信群里，还有人在读书打卡。随机点开一两条语音，听一听他们的喜悦，华丽丽的大年初一，才算是圆满了，可以安然入梦了。梦里，老人健康，孩子茁壮，春暖花开，万事吉祥。

　　永盛大街原来被称作"东环路"，随着城市建设，小城已经把它拥在怀中又向东扩延了好多，这条街再也不是小城的东界。永盛大街两边栽着白杨树，当我经常来这条街上时，白杨树已经高过三层楼了。一到春夏，杨们举起一树一树浓绿的叶子，精神饱满得让走在路上的人也觉得振奋。因为有了这夹道的绿，整条街都清清秀秀的。

　　我曾经写过一篇小说，故事发生地点安排在永盛大街，在小说里我把它叫成"丹凤街"。为什么叫丹凤街呢？因为两排杨树像极了眼睫毛，这条街就是狭长的眼睛，街上的人车流动，就是秋波顾盼了。因为这样的想象，我更愿意走在绿杨婷婷的永盛大街上。

　　后来，永盛大街西侧的杨被刨去，换成了柳。西边柳的绿，比东边杨的要稀薄好多。杨却从不清高傲物，微笑着，在风里轻轻招手。从春到秋，杨和柳在永盛大街相守相望。清风从杨吹到柳，又从柳吹到杨，到了四五月，又把满街的杨絮柳絮，吹成一场雪。

　　永盛大街是南北走向的。南始于石津渠北岸，北面与黄河路相接，这两年又逐渐向北扩延，连通了恒诚路、恒信路。但我那时走得最多的是广场到泰山路这一段。这一段原来路面不是很好，骑车在路上还要拐来拐去寻找稍平整的路面。2013年，整条街新铺了一遍，平坦的青黛公路显得格外宽敞，两边的杨与柳更显翠亮，就连风也变得清明干净。骑自行车走在上面，滑行一样自由。

路东，强生超市门口的大杨树，在超市上空搭起绿帐篷。一天天来往多少人，都要经过它的荫凉。人们在杨树下走路、停车，把新买的日用品装进自行车车筐或汽车后备厢，并不抬头望杨，但它不介意，在空中摆出豪气大方的架势，庇护着脚下。风大的时候，树叶子还会翻卷出青白色的背面，在整树绿叶里，像是开了一片白色的大花。杨树树干笔直，干青叶绿，用亭亭玉立形容它们真是太贴切了。

秋天，杨树的大叶子闪烁着蜡质的光，一大片一大片旋转飘下时，被阳光击打，金子掷地一样落到地面，有的还弹跳几下，不甘心就此成为齑粉。纷纷扬扬的杨叶落下来，马上有环卫工人把叶子打扫干净，而新的落叶又飘下来。这条街，因为有了他们，才会如此洁净美丽。

冬天的永盛大街，是一片青灰色调。青灰的天，青灰的杨树干，青灰的公路。大杨叶子早落了，只留下向上伸展的树枝。从公路到楼房到杨枝到天空，一切都一览无余，没有什么可以隐藏。冬季的永盛大街清清爽爽，简简单单，但并不孤寂。超市门前的杨树上，喜鹊们因为没有叶子的遮挡，更加自由地从这一棵树飞到那一棵，又飞回树杈间的巢。喜鹊的巢，在枝间簇拥一团黑色的温暖。这宫殿一般的巢，把所有的梦想都养在里面，等待来年春暖。确切地说，也不是单纯的等待，冬天自有冬天的好，也值得慢慢享用。喜鹊的叫声，白杨听得最清。哪天天晴心情好，哪天天阴风咆哮，它们交流的方式才不会轻易被我们凡人破解。漫长的冬天，有时会有雪落在杨树上，杨树就披了一身黑白花的大衣。

等到积雪开始融化，白杨的大眼睛就开始一边流泪，一边望着人来人往的永盛大街。街上的人，看到杨树流泪想想自己，算了，杨树纵使流泪也年年耸立在这里守护着永盛大街，自己是堂堂正正的人，有什么困难不能解决，有什么愿望不能通过自己的双手来实现呢？街上的人，大多是欢愉的，看到杨的泪，会说，这是热泪呢，春天正在往这里走呀。冬天有响亮亮的晴天，那时候，就分不清冬天和春天的界限，阳光照在青白的杨树上，好像下一秒春天就到了。

冬天要结束的时候，杨枝泛青，芽苞开始萌动，春天一来，暗红的芽苞像小孩子忍笑嘟着的嘴，几阵暖风之后，它们笑得涕泪横流——"毛毛虫"垂了好长，吊在枝上随风舞动，把杨树装扮成满头钗环、雍容华贵的美人。毛毛虫落了，小叶子开始展露眉眼，一天天变得厚实碧绿，把永盛大街从清癯喂到丰盈。

永盛大街的店面开张时，总会燃放烟花爆竹。巨大的声响震动耳膜，漫天的轻烟和满地红纸屑让整条街透着喜庆。这时的杨树也在高空哗啦啦扯开绿色的旗帜，摇旗呐喊，为永盛大街助威加油。

永盛大街两旁，农户变成小店面，小店面变成大店面，越来越繁华，柳和杨却陆陆续续不见了。不知道永盛街的杨与柳，将来会不会全部消失。会不会呢？

那些杨，仿佛看透了我的心思，更加努力地向上生长，拼命钻过楼层，尽量不让自己影响到人们，以求得自己的一席之地。白杨树，是永盛街的灵魂。它们长得那么伟岸茂盛，我一度认为这条街的名字"永盛"与白杨有着很紧密的关系。要留住这些树呀，有了茂盛的杨树，永盛大街才会永远繁盛下去。

走在永盛大街，抬头看杨，是我必做的事。之所以能常常走在这条街上，是因为接送小儿子上下学的缘故，我们不仅看树，也看云。

永盛街的白云也好看。它们在天空里自由自在地作画，一幅又一幅。杨也爱云，奋力向上的杨枝是伸长的手臂，想够到一片云，摸摸它到底有多软。杨也睁着树干上的大眼睛，望着骑车走过的母子——这对母子天天有说有笑地经过这里，是去哪里呀？

去明天啊。沿着永盛大街，我骑车走过四季。也把爱与喜欢，托这些清秀的杨，送给永盛大街。

芒种三天见麦茬。芒种那天，正好周末，爱人和我一起回老家，我们要在麦收之前为家里准备些好吃的。家里锁着门，邻居说，你娘在村西锄草呢。

开车来到村西，一下车便被眼前的景象震撼了。

夕阳在西，万物暖暖，一大片高高低低的庄稼铺入眼帘，气势恢宏的绿、饱满丰盈的绿，带着夏天午后的温度，从辽阔土地上纵情奔涌而来。这绿汹涌地向四面八方延伸，被村庄挡住，就绕过村庄流淌到村庄后面去。远处村外的厂房隐隐约约，绿意泛滥而去，几乎要把厂房淹没。那绿饱含了生命激情，仿佛在它们脚下，有更新更浓郁的绿在不断向上冒，挡不住地冒。

在这片绿海之中，有一片金灿灿的池塘在泛着涟漪！原来，那是一大片油葵花正在开放。它们如此硕大，已不能用一朵一朵来形容，要用一盘一盘。一盘一盘的油葵此时都面向东方，像一张张快乐的脸庞含笑仰望。花盘的花瓣鲜黄如缎，一片片围着花盘中间向四周飞扬，那是太阳的光芒，源源不绝发着光和热，冲击着雾霾和阴云，照耀着温暖朴实的大地。花盘内，一粒粒油葵的籽粒紧致密集，它们认认真真挨挤在一起，不急不躁，不争不抢，只默默吸收养分，等着时间让它们成熟。一粒籽的力量也许单薄，但这么多籽排列在一起，就是铜墙铁壁，它们结成一个坚强的联盟，相互扶持，共同生长。

油葵的茎叶都是青绿的，它们众星捧月，托起一个圆圆的花盘，又一路举送着让它迎接阳光，灿烂生长。青绿的茎秆已经被硕大的葵花和巨大的叶子遮挡，它们的清秀只能默默藏在暗处，但它们笔直坚韧，支撑起一株足够健壮的花盘。

一株株油葵站成一个整齐的方阵，在常家头村无边的绿地里亮出一片耀目的金黄。这金黄是最闪亮的颜色，仿佛只为点亮这些绿，仿佛只为愉悦劳作农人的眼睛和心灵，仿佛只为给村庄添上一道不容忽视的色彩，仿佛只为给六月初的田野举起金灿灿的灯盏，仿佛只为与我们相遇，让人感叹老家的美丽，让我庆幸嫁到这个村庄是多么好。

"山中习静观朝槿，松下清斋折露葵""中庭生旅谷，井上生旅葵。春谷持做饭，采葵持作羹""青青园中葵，朝露待日晞"，葵，质朴敦厚，美而不娇，篱前田边，处处可见，是和老百姓最亲近的植物之一。葵有好多种，这里所说的"葵"是向日葵的葵。而老家种的向日葵是产油的油葵，即"油用向日葵"。油葵的葵花籽提取出的油脂，是低胆固醇的高级食用油。因此，近年来，很多村庄开始大面积种植油葵，葵花盛开时节，这些村庄都变成金子的城堡，美轮美奂。

婆母可不是来看油葵花的，她在油葵的东边锄草呢。这是一小片花生地，绿油油的花生秧刚出土半尺，一行行绿间隔了暗黄的土地，锄过的土地露出了深褐色的新土，带着潮湿的土气。绿和深褐相间，怎么看都觉得像是灵秀的诗行。见我们来，婆母就去村边人家借锄头，我们仨在绿意盈盈的花生田里开始锄草啦。

他们母子俩齐头并进，让小锄头躲开花生秧，轻轻划过地皮，浅附在地皮上的小草就离开了大地，不一会儿就枯萎了。他们母子躬身在广阔的田间，躬身在油葵花旁，躬身在蓝天之下，真觉得是一幅绝美的画面。对于土地，我们只有谦卑地躬下身来，勤勤恳恳地劳作，大地才会回报我们以丰收的喜悦。

清风拂来，千盏葵花轻漾，万顷绿意摇晃。母子三人在田间说说笑笑，夕阳映在远远的村庄墙壁上，一条小路被青绿白扬环抱，白杨之外，一望无际的麦田正轻晃金波，等待着收割机热烈拥抱它们的那一天。

我问婆母，来地里干活，美不美呀。婆母说，美啊，关于种地，家家户户都有本事着呢。

是呀，有慧心，有巧手，有辛勤的劳作，常家头六月初的风景，怎能不入诗入画呢！

# 泰山西路的国槐

春天刚开始，泰山西路的国槐还不知道，因为春天先要在广场角上的迎春花和永盛大街的垂柳上站一站，吸足了气，准备好了，才肯迈开步子踏到泰山路上来。

国槐钻出了嫩黄的新叶芽儿，一簇一簇的，像跃动的小火苗，灼灼向上涌。很快，聚拢的叶芽就舒展成椭圆的小叶子，绿绿的，薄薄的，浸泡了新春的阳光，柔润喜人。一棵树一棵树把春光传递下去，整条街都鲜活起来。风吹来的时候，绵软的枝子轻轻晃动着一树稀薄的嫩绿叶子，晃一下，长一点，再晃一下，再长一点，直到叶子挨上了叶子，树枝便隐在了一团葱郁之中。

当国槐的树枝融隐在碧绿茂密的槐叶中间，夏天就来了。阳光一天比一天强烈，晒得地面发烫。国槐用巨大的树冠撑开一把把厚厚实实的绿伞，为接送孩子的家长和行人搭设荫凉。家长们都愿早一点去校门口等孩子，他们在荫凉里，抬头望不到天，只看到叶子与叶子亲密交谈。叶子在说些什么，想些什么，随你去猜。放了学的小孩子蹦蹦跳跳来到大人身边，亲热地喊一声，在树荫下仰起花朵般的脸。

七月，国槐开出黄绿色的花儿，花儿含羞带怯地聚拢着，包裹着一枚细细的花蕊儿。夏日多雨，雨一停，会有不少的国槐花溅落下来，密密地撒在湿湿的彩砖上，像一地卧雪。火热的夏天，因一场雨雾后的槐花雪，增添了清凉雅静的韵致。叶子盛到荼蘼，绿就饱和了，再也加不进一层。叶子饱和了，再也长不出一片。

极盛的国槐在泰山西路上会挺立好长时间，然后，秋风来催槐叶回家，槐叶换上黄衣裳，一片接一片或三三五五牵着手，飞到地上，有的来不及变黄，仍旧以绿叶的容颜谢幕。纷纷扬扬的落叶在风里翻舞，不慌乱，不悲伤，从容接受自己的宿命——曾经灿烂，何畏凋零？不必谈及"化作春泥更护花"的高尚，该歇的时候，就安静地歇，能来的时候，还会跃上枝头把春夏唱绿。国槐叶子每天都在落，每天都在改变树的形状。秋天是美的，因为有叶的"落"，落叶的时间比叶子生长的时间短暂了不知多少倍，因此叶落更值得珍惜。那炫动一街秋色的国槐，给泰山西路涂染了更多的季节色彩，这条公路也悠哉游哉地在微风里舞动起来。

泰山西路冬天的美，在于冬天的国槐。秋寒收走了所有的槐叶，留下了多年的树干旧枝、当年新蹿出来的新枝细梢。这些枝子全部都是线条，或粗或细，或曲或直，或浓或淡，整棵树就像是用笔细细画出来的。季节用一只认真的手，握着铅笔，从下到上，一点一点地，从嶙峋皴皮的树干，到遒劲四展的树枝，到纤纤细细的枝梢，都精描细画，一丝不苟。最上方的新梢是那么纤巧，空若无物却又有影可寻，在天空里用隐隐的铅色延伸着树的饱满，这样的细梢是要多么严谨的工笔画家才能画得出啊？他在向上描画这些枝梢的时候，眼睛会不眨一下，全身心都落在笔尖上了吧？

雾凇出现在泰山西路，国槐一树银装，如水晶雕刻，放射着雪亮的光芒。细细端详，每一根冰雪的刺儿都是经精打细磨的。上天是多么讲究的一个人啊，纤毫之末也极为用心，就连枝杈间也恰到好处地绣上了绒绒霜雪。这些霜雪，是纤巧的花朵之簇，之束，之林，之世界。树们都拥有了一袭袭这样的霜雪素衣，都感谢那位细心耐心别具匠心的好裁缝啊！

国槐晃动千种风骨与娇媚，让你感觉得到时光，感觉得到生命的真实。泰山西路两侧的楼房多是两层的，国槐早已超越了楼顶，在冬天灰白的天幕下，枝枝丫丫更清晰如刻。站在泰山西路北侧向南望，楼做背景的部分模糊阴暗，天做背景的部分清晰透亮。细枝在冬天的天空里摇，人在地上看，看得久了，也不会厌。

国槐就是上苍赐给泰山西路的精灵，从春到冬，千变万化，摇一树树绿风，撑一片片浓荫，抖落漫天黄蝶，又把一幅幅绝不雷同的铅笔工笔画嵌在天地间无私展览。

国槐树掩映的各家店子，有卖冷鲜肉的，有卖童装童鞋的，有通信公司的交费点，有药店，有托管所……五花八门。泰山西路在小城的怀抱里散着人间烟火味，与国槐争相统治着这条街，俗得真实淳朴，雅得清新素洁。

明年夏天，小儿子将升入中学离开这所学校。这些美丽的国槐、熟悉的店铺，都将成为记忆里的风景。这些风景又将作为背景，画面上的主角，是我和小儿子一起走过的七年：他清纯如水的天真年少，我死死攥着的飒爽青春。